PSSICA

romance

Direção geral Ivana Jinkings
Edição Isabella Marcatti
Coordenação de produção Juliana Brandt
Assistência de produção Livia Viganó
Assistência editorial Thaisa Burani
Preparação Thais Rimkus
Capa Artur Renzo
sobre fotografia de Ronaldo Andrade
Diagramação Vanessa Lima

Equipe de apoio: Allan Jones, Ana Yumi Kajiki, Bibiana Leme, Elaine Ramos, Fernanda Fantinel, Francisco dos Santos, Ivam Oliveira, Kim Doria, Magda Rodrigues, Marlene Baptista, Maurício Barbosa, Renato Soares, Thaís Barroso

CIP-BRASIL. CATALOGAÇÃO-NA-FONTE
SINDICATO NACIONAL DOS EDITORES DE LIVROS, RJ

A936p

Augusto, Edyr, 1954-
Pssica / Edyr Augusto. – 1. ed. – São Paulo: Boitempo ; Belém, PA : Samauma Editorial, 2015.

ISBN 978-85-7559-446-9

1. Romance brasileiro. I. Título.

15-23885 CDD: 869.93
CDU: 821.134.3(81)-3

1ª edição: julho de 2015
5ª reimpressão: outubro de 2024

BOITEMPO
Jinkings Editores Associados Ltda.
Rua Pereira Leite, 373
05442-000 São Paulo SP
Tel.: (11) 3875-7250 / 3875-7285
editor@boitempoeditorial.com.br
boitempoeditorial.com.br | blogdaboitempo.com.br
facebook.com/boitempo | twitter.com/editoraboitempo
youtube.com/tvboitempo | instagram.com/boitempo

Para Zê Charone

1

ERA PARA SER UM dia normal, de aula. Mas Janalice percebeu algo diferente ao entrar. Não que sua passagem no pátio do colégio não provocasse, sempre, algum *frisson* por conta da altura de sua saia. Mas era mais do que isso. Dentro da sala, cochichos e risos. Então, a professora se irrita e alguém se levanta. Entrega um celular. A professora põe a mão na boca. Sai. O que é que tem no celular? Janalice assiste a uma demorada cena de felação que ela protagoniza, junto a seu namorado, Fenque, com direito a closes de sua genitália, a pedido dele. Chocada, não sabe o que dizer. A professora retorna. A diretora vem junto. Pede que ela saia. Que volte para casa. Que somente retorne com os pais. E, atravessando o pátio, agora ouve claramente o deboche de todos.

Janalice tem catorze anos. Em casa, a mãe chora. Grita. Estapeia. Rasga suas roupas. Entra o pai, com a farda de cobrador de ônibus. Tira o cinto. Espanca. Expulsa de casa. Ela sai chorando pela rua. Em uma esquina, Fenque está com os amigos. Ela chega e pede ajuda. Ele a trata mal. Ri de sua cara. Os amigos também. Ela cobra. Ele dá um tapa. Sai fora.

Janalice se tranca em seu quarto. À noite, o pai volta. Está decidido. Vai morar com a tia por uns tempos. Não quero ver mais a tua cara. Piranha. Foi pra isso que eu te criei? A princesinha da casa? Nem me olha que eu te dou outro tabefe. Amanhã cedinho pega o táxi e vai. Ela está te esperando. A tia Daiane esperava. Mas tu, hein? Que vergonha! Envergonhaste a família toda. Arruma tuas coisas. Vais dormir neste sofá. Vê lá o que tu vais aprontar. Eu e Célio trabalhamos o dia todo! A responsabilidade é minha. Ou tu queres voltar pra putaria? Célio sai do quarto. Confere Janalice. Essa é tua sobrinha? Vamos embora pro trabalho. Agora está sozinha. Se encolhe no sofá e chora. Liga a televisão. Fome. Belisca qualquer coisa na geladeira. Dorme. Anoitece. Eles voltam. Jantam. Célio senta no sofá pra ver futebol. Daiane entrega uma toalha. Vai tomar banho. A casa em silêncio. Deita no sofá. O sono demora. Um susto. Uma respiração... Psssh. Cala a boca. A tia. Tia porra nenhuma, sussurra. A casa é minha. Tu tem de pagar pra ficar, tá? Calma. Calada. Vai pegar porrada e ainda digo que tirou onda comigo. Calada. Isso. Janalice morde a almofada. Acaba e vai.

Toma um trocado. Almoça no PF ali na esquina. Toma a chave. Vê se não vai saracotear por aí. Célio nem olha.

Janalice passa o dia zanzando pelo centro da cidade. Mexe em um tabuleiro de camelô quando outra garota lhe toca o ombro. Compra esse, não. Ali tem um freguês meu que te cobra mais barato. Um brinco. Gosta? Gosto, mas o dinheiro não dá. Flávio, põe na minha conta. Não, não precisa. Eu quero. Um presente. Mas. Deixa eu botar. Ficou lindo. Vamos. Como é teu nome? Dionete. Minha mãe brigou comigo porque eu queria tomar banho quente e ela não queria. Aí minha tia entrou na discussão e já viu. Você mora aqui perto? Ali na Ó de Almeida, e tu? Logo ali. Tá vendo? Naquela casa. Elas não gostam de mim. Vivem me zoando. Eu preciso de uma amiga. Quer ser minha amiga? Mas tu não sabes nem meu nome. Qual é? Janalice. Prazer, Dionete. Me chama de Di. Me leva na tua casa? Não posso, minha tia não deixa. Mamãe também não deixa. Tu nem sabes o que elas fazem comigo. Elas me prendem pra eu não sair. Vamos ali na praça? Tá escurecendo. Amanhã a gente se fala. Tchau. Janalice em casa. A tia e o namorado chegam. Jantam. Assistem à televisão. Toma banho. De madrugada, Célio a penetra mais uma vez. O que dá mais raiva é que começa a gostar daquele jeito bruto. O mistério. Escondido. Bem diferente do Fenque. Um homem.

Oi! Di estava na feira. Tinha um vestido nos braços. Quer comprar? Baratinho! Olha, fica lindo em ti. Pronto pra ir a uma festa! Compra. Qualquer dinheiro. Não posso. Não tenho dinheiro. Dionete sai na frente. Oferece. Alguém dá um dinheiro. Pronto. Agora vamos. Entram na Riachuelo. Vai direto a um homem grisalho. Dá o dinheiro. Um beijo na boca. Abraça e apalpa sua bunda, ali, na frente de todos. Dionete estende a mão. Ele entrega umas bolinhas em plástico preto. Janalice olha em volta para homens e mulheres magros, roupas imundas, olhos vidrados. Eles também a contemplam. Vamos embora, diz Dionete. Vão para a praça. Dionete puxa um cachimbo tosco, feito de caneta Bic e lata e acende. Quer provar? É bom. Dá barato. Tu vais ficar melhor. Não. Não quero. Pior pra ti. Depois tu vais me pedir e eu vou dizer negatofis! Eu sempre quis ter um cachorro, mas minha tia não deixa. Minha tia, quando vê cachorro, tem vontade de matar. Eu não sei o que fez a minha tia ter medo de cachorro. Medo, não, ela tem raiva. Quem era aquele homem que te deu crack? Meu namorado. Namorado? Mas ele é velho! Eu não acho. Ele me dá umas pedras, de vez em quando a gente fode. Isso é, quando consegue, porque ele é alcoólatra e nem levanta! Ele devia tomar banho! Ah, deixa meu homem pra lá. É ele que te fode, é? E tu? Porque vieste morar aqui, hein? Alguma tu aprontou, não foi? Conta, maninha, conta pra mim, vai. Transei com meu namorado. Só isso? Então não foi nada! Ele filmou e mostrou pra todo mundo. E daí? Muita sacanagem. Esses teus pais! Bem que eu não posso dizer nada. Elas me chamam de maluquinha, viu? Elas acham que sou doida. Já até me internaram uma vez! Me deram choque elétrico. Esquizofrenia, disseram. Elas me perseguem. À noite, estou no quarto, e elas vão lá. Mas vou te dizer, elas não batem bem. São doidinhas. Elas.

À noite, Célio sai pra jogar futebol com os amigos. A tia quer saber o que aconteceu. Conta que o pai chora de saudade e de mágoa por ela. A mãe fez promessa de Círio. O que ela faz na rua, durante o dia? Tem uma amiga. Meio tantã. A gente conversa. Não estuda também. Acho que vou ver um curso de inglês aqui por perto. Não presta ficar sem fazer nada. Desliga a luz. Até amanhã. Célio chega. Vai tomar banho. Chama para entrar no banheiro. Ela olha. Escuta. A tia dorme. Ela vai. Eles transam no chuveiro. A gatinha já está gostando, né? Dá um sorrisinho, mas não diz nada.

Poxa, tu demoraste! Vem comigo. Ela segue Dionete pelas ruas do centro. Entram em uma casa antiga. Mulheres velhas em andrajos as seguem com o olhar. Sobem uma escada. Entram em um quarto. O velho de Dionete está na cama, com o cachimbo na mão. Sentam. Janalice fica bem na ponta. Dionete se deita com o namorado. Fuma. Quer? Ah, deixa de ser assim. Só um pouquinho. Janalice prova. Tonta. Delícia. Puxa de novo. Dionete agora está deitada sobre o pênis do namorado. Janalice fica olhando. O namorado pede que ela chegue mais. Ele toca em seus seios durinhos. Agora é Dionete quem lhe toca a vagina. Não sabe o que fazer. A droga a deixou meio aérea. O velho suga seus seios. Dionete a empurra para ele, que a penetra. Por trás, Dionete mexe em seu ânus e Janalice se deixa levar pelo sexo. Vamos no PF? Pedem cerveja. Quantos anos tu tens? Fiz catorze. Que linda, não é, meu amor? Pode ser um bom negócio. Que negócio? Nada, brincadeira.

À noite, Célio vai à sala. Hoje não quero. Tu não tem querer, putinha. Tô cansada. Vai te foder. Abre as pernas, caralho. Não quero. Não fala alto. Não quero. Leva um murro no olho. Boca tapada com a manopla de Célio. Ele a penetra, e ela chora.

Que é isso no teu olho, pequena? Eu cai e me bati na ponta do sofá, no escuro. Deixa eu ver. Poxa, que queda, hein? Célio, já viste isso? Ele apenas olha. Vou ver se trago alguma coisa da farmácia. Vê se fica em casa, descansando, pra sarar mais rápido. Eles saem, e Janalice chora de raiva e de dor.

Vai para a rua. Encontra Pedrinho, que toma conta de carros. Que foi isso? Não interessa. Não fala nada. Sentam na calçada, entre os carros estacionados. Tu precisas tomar cuidado nessa área. E quem és tu pra me dizer que tem de tomar cuidado? Desculpa, fica aí, então, não digo mais nada. Melhor. Dionete chega com a cara desarrumada. Tu também? Deram falta do vestido que vendi. Elas me perseguem. Não fico em paz. Disseram até que vão me internar. Qualquer dia eu vou embora daqui. Pra onde? Sei lá. Qualquer coisa é melhor. Quem te bateu? O namorado da tia. O que foi? Veio me comer de noite. Filho da puta. Eu já disse pra ela. Não te mete, Pedrinho, tu é um fodido também. Vamos fumar uma pedra? Eu tenho aqui. Acendem. Toda a dor de Janalice fica em suspenso. Meia hora, pelo menos. À noite, ela sussurra para Célio. Hoje, não. Nem vem que eu grito. Não quero nem saber. E quando? Amanhã. Sem furo? Amanhã. Janalice dorme a primeira noite tranquila.

De manhã, vai até a Lojas Americanas, mas não encontra Dionete. Almoça no PF. Na Primeiro de Março, ela aparece com o coroa. E aí? Te procurei. Estava ocupada. Vamos ali na esquina da General Gurjão. Fazer o quê? Vamos lá. E o porra do namorado da tua tia? Ontem não veio comigo. Eu disse que, se viesse, eu ia gritar, botar pra foder. Vamos ver se eu consigo.

Uma Kombi com vidros negros encosta. O coroa e Dionete a seguram pelos braços. Abrem a porta. Ela está dentro da Kombi. O que é isso? Leva um murrão nos seios e cai. Alguém diz: Valeu! O carro arranca, balançando nos buracos. O que é isso? Um chute na bunda. Cala a boca. Mas. Cala a boca, caralho! Não dava pra ver pelos vidros aonde estava indo. Fechou os olhos, se encolheu e chorou.

2

MANOEL TOURINHOS É ANGOLANO. Branco. Prestou serviço militar. Destacou-se como atirador. Veio a revolução. Os pais foram assassinados. Fugiu para Portugal. De lá, para o Brasil. Belém. Empregou-se em um supermercado. Chegaria a gerente. Era o aniversário da mãe de um colega. Foi convidado. Em Curralinho, Marajó. Tem navio pra lá. Tu vais gostar. Foi a novidade da festa. O Portuga. Sou angolano. Não adiantou. Teve festa. Dançou com todas as meninas. Gostou de Ana Maura, linda, dezesseis anos, dez anos mais nova que ele. Olha o que tu vais fazer. É minha irmã. Minha única irmã. Mas logo a irmã do colega? Voltaram para Belém. Um feriado. Vamos pra Curralinho? Vamos. Perguntas, perguntas. Portuga. Não, sou angolano, porra. Olha, ele chamou nome feio! Minhas desculpas. Ana Maura. Horas conversando na beira do rio. Já está na hora de voltar? Vê se volta aí. Eu volto. No navio, disse ao amigo que queria casar. Tá bom. Se ela quiser. Conseguiu empréstimo. Alugou casa. Comprou aliança. E se ela não quiser? Vai querer, ô pá! Estás muito confiante. Ana Maura aceitou. Não se largaram mais. Marcaram casamento. O bispo veio de Breves. O chileno Juan Lacuona. Ganhou uma semana de licença. Só felicidade. Falou dos planos. Que ia chegar a gerente. A casa alugada. Móveis para comprar. Os filhos que viriam. Na hora da partida, uma choradeira. Será que a prima poderia morar com eles? Para Ana Maura não ficar sozinha em cidade grande.

Vieram. Ana Maura começou a entristecer. Saudade da mãe. Posso passar o final de semana? Vamos. Na hora de voltar, choradeira. Manoel decidiu-se. Fica. Eu vou arrumar as coisas e venho morar aqui. Tudo, menos minha mulher triste pelos cantos. Ele já havia percebido a falta de um grande armazém. Dos produtos certos. Pediu demissão. Bom funcionário, saiu como se fosse demitido. Desfez-se da casa. Dos móveis. Em trinta dias, chegou a Curralinho para ficar. O sogro ajudou. Comprou terreno na beira do rio. Subiu a casa. Dois andares. Embaixo, a venda e o depósito. No segundo, residência. Manoel, o que é isso? Armas. Para que tu queres isso? Trouxe de Angola. Dos meus tempos de Exército. E tu lá vais sair dando tiros em alguém? Pelo amor de Deus, leva isso pra longe de nós. Vai ficar bem guardado, amor. Fica tranquila. O tempo passou. A simpatia do casal conquistou. A cidade e a comunidade em volta comprava mantimentos. Conta pendurada. Paga depois. O armazém acabou conhecido como "O Portuga". Não vieram filhos. Paciência. Viviam um para o outro. Vinte anos de felicidade. A ameaça de ratos-d'água começou a ser comentada. As vítimas contavam em seu balcão. Sabe de uma coisa? Pegou as armas. Fuzil e revólver. Ana Maura não gostou. É só por cautela. Limpou e passou óleo cuidadosamente. Queira Deus que nada nos aconteça, mas tu sabes que por aqui a lei não passa.

Já passava das duas da manhã quando, silenciosamente, amarraram a rabeta em um toco e chegaram ao Portuga. Pitico bateu na porta. Seu irmão, Índio, ficou atrás. Uma mulher perguntou quem era. Tô precisando de um quilo de açúcar, comadre! É madrugada, tá fechado! Por favor, é uma emergência! Abriu uma fresta. Entraram com tudo. Cala a boca e dá o serviço! Manoel! Ela grita e leva uma coronhada que lhe abre um rasgo no supercílio. Do segundo andar, um tiro. Índio grita e cai. O filho da puta me acertou, caralho! Puta que pariu, vaza, vaza, porra! Eles atiram na direção da escada enquanto Preá carrega Índio e Pitico carrega a mulher como escudo. Saem correndo. Mais tiros no seu encalço. Na rabeta, ao largo, Índio geme, estrebuchando. Pitico o abraça.

Mano, tu não vai morrer. Não vou deixar. O filho da puta me acertou! Olha o rombo. Isso foi fuzil! Índio foi se engasgando com sangue e tombou. Mano, não morre! E agora, meu Deus?! Vou voltar pra matar esse desgraçado. E tu, mulher, tu vai morrer. Vai morrer devagar como meu mano morreu. Tu vai sofrer. Não faz isso, não. Não me mata. Eu não tenho culpa. Eu só abri a porta. Não me mata, pelo amor de Deus! Preá, dá aí esse terçado. Não faz maldade, não. Não me mata, por favor. Pitico desfere um golpe e decepa a mão. Ela grita, se curva, tenta se jogar da rabeta. Pitico não deixa. Vai morrer, filha da puta, sofrendo. Agora ele corta o pé. Ela grita. Vai, Preá. Tá gelado, porra? Vamos, caralho! Sem paciência, ele enfia o terçado no bucho da mulher, que já não se mexe. E a decapita em uns cinco golpes. Joga fora a cabeça. O corpo. Está todo ensanguentado. Senta na proa e fica assim até voltarem. Preá, o Portuga vem aí atrás da gente. Vaza, some por uns tempos. Eu me cuido. Quero que ele venha porque eu vou me vingar.

Manoel Tourinhos estava desesperado. Saiu correndo até a beira do rio. Tudo escuro. Restava aguardar o amanhecer. Ficou sentado na porta da venda. Não tem nem delegado nessa porra. Os moradores da vila vieram ver o que havia acontecido. Lavar o assoalho cheio de sangue. Alguém vai emprestar o barco de Zé Baixinho. Manoel fecha seu negócio. Vai para Belém procurar ajuda. O delegado de Crimes Fluviais explica a dificuldade. Falta combustível. Falta gente. Cara, são quase cem ilhas, como é que eu vou te ajudar? Se souber de qualquer coisa, me liga. Liga como? Não pega nem celular naquela porra. Assim tá foda.

Manoel volta. Agora se dá conta de todo o trauma. Perdeu Ana Maura, sua mulher, caboquinha da terra, tão linda, parceira, vinte anos que lhe aquecia o leito nas noites úmidas. Pior, ao chegar, o chamam para ver o que o rio havia trazido. Pés, mãos, a cabeça, o corpo de Ana Maura. Chorou. Não havia conforto. Só a vingança. Começar por onde? A vida perdeu a graça. Ficava naquele balcão, calado, o dia inteiro. As pessoas tentaram reanimá-lo. Não.

Mas ouvia. Gente que passava contava as novidades. Alguém falou que foi Tabaco, lá de Breves. Foi a galera dele. Um tal de Pitico. Manoel reviveu. Chamou Zé do Boi, capataz da fazenda Meu Amor, e que, sabia, era apaixonado por Ana Maura. Tu queres ir comigo? Não posso sair falando, porque meu sotaque vai atrapalhar. Quero. Quero vingar Ana Maura. Antes de tu chegares, ela seria minha. Mas eu respeitei. Não deixei de gostar. Quero vingança. Manoel comprou uma rabeta. Levaram fuzil e berro. Passaram na frente da cidade. Das boates onde todos se divertiam. Dava para escutar o brega e o pessoal falando. Sim, é aqui. Zé do Boi desceu e foi abicorar. Voltou com gosto de pinga. É pra lá. Meia hora depois dos dançarás. Foram três. Sumiram, mas foi de lá que saíram. Da casa do Tabaco. Ele que mandou. Quando chegaram perto, desligaram o motor. No remo, pra não fazer barulho. Esperaram o dia. De dia, era uma farra. À noite, havia vigia. Mas Tabaco dormia sozinho. Zé do Boi fez uma peconha, subiu no açaizeiro e olhou. Tá limpo. Um vigia. O leso tá muito confiante. Esperaram dar meia-noite. Amarraram a rabeta uns cinquenta metros antes. Foram pela beira. O vigia. O cara fumava seu cigarrinho, quase dormindo. Zé do Boi passou a faca na garganta. Saiu um uivo fraco. Segurou firme até ficar mole. Vai, Portuga. Faz sinal que eu vou. Já sabia por onde entrar. Nem tinha porta. Pisada de felino. Tabaco roncava na rede. Acordou afobado, tossindo, com a faca que lhe penetrara levemente a garganta. Manoel montado sobre ele. Quem foi, gajo? Quem foi que cometeu o crime? O que é, caralho? Tu sabes quem eu sou. Sei nada, porra. Então vou te lembrar. Foi tua quadrilha que atacou minha venda e esquartejou minha mulher? T'é doid'é? E eu lá sei disso, sai daqui da minha casa, não tenho nada. A faca lhe levou a orelha. Filho da puta, tu me cortou! Cala a boca, caralho! Me responde ou vai perder a outra orelha. Eu não sei! A faca ia. Não, espera. Sei lá. Sim, tá bom, foi Manel, Pedro, Calango, Pitico, Índio. Isso, esses dois. Cadê? Quem? Levou um tapa na cara. Fala, porra. A cara vermelha de raiva e vergonha do tapa na cara. Eles sumiram daqui. Nunca mais vi. A faca levou a outra orelha.

Tá sangrando, porra! Chama um médico! Portuga filho da puta, eu vou te matar devagar, porra. Eu é que vou te matar. Cadê? O Índio morreu. Tu matou! Boa notícia. E o outro? Pitico? Fala, caralho! Procura ele em Soure. Na casa da tia. Pega esse filho da puta, caralho. Ele é um merda, mesmo! Em Soure. É. Me larga, porra! Tinha mais um! Tinha mais um! Ele não fez nada! Não fez nada! Só estava na rabeta, não fez nada! Quem era, porra? Fala! Pode me matar que esse não digo o nome nem pelo caralho! Então morre, filho da puta! Agora ouvia o ruído desagradável da faca penetrando em seu bucho. A vontade era de reagir, matar o Portuga, mas não havia forças. Manoel terminou. Chamou Zé do Boi. Arriou a rede. Tiraram Tabaco. Aproveitaram a corda. Deixaram lá, enforcado, pendurado, pra todo mundo ver. Sentaram pra respirar. Soure. Desceram até o rio pra tirar o sangue do corpo. Andaram até a rabeta e foram.

Preá ouviu tudo, escondido. Passou pelo Ramela, morto, e foi tirar seu pai da forca. Vailson de Lima estava morto. Agora ele seria o comandante do lugar. Ele, Jonas de Lima, o Preá. Preá o caralho! Agora seria Jonas. Foi buscar a pá e fazer covas para Tabaco e Ramela. Terminou com o dia raiando. Agora era o dono de 11 mil litros de óleo diesel, motosserra, motor de barco, dinheiro e mercadorias. Agora é eu.

3

VOU LIGAR PRA LIZETE. Ela precisa saber. Vai ver essa maluca fugiu com namorado, sei lá. Eu bem que disse, Lizete, isso não vai dar certo. A gente trabalha o dia inteiro. Ela fica aqui sem fazer nada. Deu no que deu. Tu perguntaste aí embaixo se alguém viu? Perguntei. Nada.

Lizete e Pedro chegaram. O que tu achas? Não sei, minha irmã. De dia, nós trabalhamos. À noite, sempre em casa. Não deixava sair. Mas, tu sabes, essas meninas de hoje em dia. Para, Daiane, a pequena não é santa, mas recebeu educação. E o tal do namoradinho? Já falei. Dei uma prensa. O pai deu uma surra. Disse que nunca mais viu. Só se foi outro namorado. Melhor ligar pra polícia. Só com 72 horas eles aceitam como desaparecida. Vai ver ela aparece com a cara mais seca e estava com namorado. Ela vai é levar uma surra. O que foi que eu fiz pra merecer isso?! Trabalho o dia inteiro! Criamos com tanto cuidado! Colégio, roupas, tudo do bom e do melhor! Te acalma, Pedro. Ela já, já aparece aí. Deu meia-noite. Nada. Vamos à polícia.

Também, estamos cercados por camelôs, drogaditos! Daiane, tu que me pediste pra ela ficar aqui. Eu sei, mana, eu sei. Vão pra casa. Acho que amanhã tudo se explica. Janalice não apareceu.

Pedro chamou um amigo, que foi da polícia. O Amadeu agora faz uns servicinhos. Virou encostado. Se aposentou, mas não consegue largar a investigação.

Vocês conheceram algum amigo dela? Não. Passamos o dia fora, trabalhando. Ela ficava com dinheiro para almoçar. À noite, não saía. Ela levou as coisas dela? Não. Tá tudo nessa sacola. Está com a roupa do corpo. Que isso? Um brinco. Quando chegou, não tinha. Me dá. Desculpe, seu Amadeu. Precisamos sair para trabalhar. Pode deixar. Vou dar uma circulada.

Amadeu andou por Ó de Almeida, Presidente Vargas, Aristides Lobo, Manoel Barata, Riachuelo, Frei Gil e Primeiro de Março. Conferindo. Ninguém sabia de nada. Nunca tinham visto. Com uma foto. Foi nos camelôs. Esse brinco foi comprado aqui? E essa menina, conhece? Não. Aqui? Não sei, não, doutor. É tanta gente que vem aqui. Será que não sabem, mesmo? Bom, ela circulou poucos dias, pode não ter dado para notar. Encostou na banca do Alvino, na praça da República. Viram essa garota por aqui? Não sei. Parece que sim. Mas essas meninas chegam todas bonitinhas, embarcam na droga com os moleques e vão murchando. Os garotos se aproveitam. Fodem elas, viciam e depois dão um chute. Difícil dizer. Tá bom por hoje.

E aí, Amadeu, nada? Ainda não. E vocês, nenhuma notícia? Nada. A gente cria uma menina dessas pra... eu não me conformo. Amadeu, somos amigos, eu tô desesperado. Eu amo essa menina. Ela é minha joia. Foi por causa de namorado que eu me emputeci, dei uma surra e mandei uns tempos pra casa da tia. Nunca esperei que isso acontecesse. Calma, Pedrão. Eu sei como tu te sentes. A gente vai achar. Eu volto amanhã naquela área. Alguma coisa vai aparecer. Ninguém some no ar.

Amadeu pensou como era difícil ouvir um machão como Pedrão chorando feito criança. Eu vou achar essa pequena.

A frente do prédio do INSS, na Presidente Vargas, estava lotada. Várias filas. Gente papeando. Ih, não é o Joca? João Carlos, amigo de pelada, agora, ali, como engraxate. A vida é dura mesmo. O cara era o maior craque da pelada. Mandava no jogo, cheio de pose. Não se preparou pra vida e agora está de engraxate. Fala, Joca! Ih, mermão, Amadeu, cara, há quanto tempo! Vai querer um brilho? Vou. Aproveito pra gente conversar. E aí? Porra, cara, ainda jogas bola? Não, ih, já tem tempo. Machuquei o joelho, tá vendo? Eu sento aqui, mas a perna fica esticada. Não dobra direito. E tu? Abandonei a carreira. Mas eu nunca fui muito bom, né? Não, tu jogavas direitinho. Estás na polícia ainda? Não, me aposentei, sabe? Cansei daquela vida. A Dolores implicava, me queria em casa, as crianças, então me aposentei. Mas, sabe como é, a gente nunca se afasta de todo. É uma cachaça. E tu? Não dei muita sorte. Meu cunhado chamou pra trabalhar em um negócio, mas não foi pra frente. Tentei uns empregos, não deu. O joelho atrapalha muito. Acabei aqui. Mas isso aqui também é bom. A gente faz muitas amizades. Sou sozinho. Pensei que tivesses casado com a Selma. A gente andou junto, mas quem quer saber de um fracassado? Hoje eu ganho o suficiente pra pagar um quarto, comida e uma pinga, que ninguém é de ferro, né? Não dá pra dispensar. Lembras do Pedro, meu amigo? Acho que ele chegou a jogar com a gente. Não, não lembro. Porra, a filha fez cagada com o namorado, ele deu uma surra e mandou passar um tempo com a tia. Mora aqui perto. A moleca sumiu. Desapareceu. Com a roupa do corpo. Deram porrada no namoradinho, mas não foi ele. Já fizemos BO e até agora nada. Será que foi outro namorado? Olha essa foto. Conheces? Não sei. Trabalho de costas pra rua, mas olha, quem sabe, tem uma menina que mora ali na Frei Gil. Ela é meio doidinha, sabe?, mas vive zanzando por aqui. Não é flor que se cheire. Mora com a mãe e a tia, mas cuidado, elas também não são boas. Acho que são meio birutas, sabe? A casa vive fechada. Quando uma delas sai, é dando bronca em todo mundo, fala sozinha, fuma pra caralho. Sei lá, a menina pode ter visto. É alguma coisa.

Tocou a campainha. Esperou. Tocou novamente. Novamente. O que é? Não quero comprar nada. Passe bem. Bateu a porta. Tocou novamente. Pare com isso. Vou chamar a polícia! Bom dia, senhora. Eu gostaria. Bateu a porta. Tocou novamente. Ninguém apareceu.

No dia seguinte, tocou a campainha. Pela janela, alguém olhou. Ninguém abriu a porta. Decidiu esperar. Ficou o dia inteiro. Nada. Voltou outros três dias. Uma garota, branquinha, dobrou a Ó de Almeida na direção da Frei Gil. Só pode ser ela. Abriu a grade. Olhou e o viu. Abriu a porta e fechou. Tocou a campainha. Nada. Tocou novamente. Olha aqui, tu tá de brincadeira com a gente? Minha senhora, eu quero apenas fazer umas perguntas. Eu não quero responder. Sai da frente da minha casa. Minha filha desapareceu aqui nessa rua. Eu queria saber se sua filha a conhece. Hein? Essa menina que entrou agora. Ah, essa é uma maluca. Não sabe de nada. Vive por aí fazendo o que não deve. Posso entrar. Já está entrando... A senhora poderia chamá-la? Entra outra senhora, muito parecida. É minha irmã, Mara. Ele quer falar com Dionete. Meu senhor, ela é meio doida, a minha sobrinha. Não diz coisa com coisa. Vive querendo tomar banho quente. Gasta todo nosso dinheiro na conta de luz. Ela não sabe nada. O que é, mesmo? A minha filha veio morar com a tia, aqui perto, e sumiu. A senhora sabe, as meninas viram amigas, quem sabe ela não sabe alguma coisa? Meu senhor, tomara que ela não saiba, porque, se ela conheceu, levou pro mau caminho. Pode chamá-la, por favor? Dionete! Dionete! Eu acho que ela cria porcos no quarto dela, sabe? Fede! E ninguém pode entrar. Eu, se fosse o senhor... Dionete! Espera que eu vou ver. Bateu na porta do quarto. Dionete! O senhor quer falar contigo. Abre! Ah, meu senhor, não posso fazer nada. Vamos fazer uma coisa: quando ela sair, eu pergunto. O senhor passa depois que eu digo, tá bem? Está. Obrigado, senhoras. Saiu e ficou vigiando. Nada aconteceu. Mostrou a foto de Janalice para outros. Nada. Voltou para casa.

No dia seguinte, tocou a campainha. Nada. Tocou novamente. Nada. Ficou vigiando. Nada. Mas não dava para passar o dia e a noite, me desculpe, Pedrão. À noite, ficava em casa, com a família. E ela devia sair nessa hora. Aquela garota sabia alguma coisa.

No dia seguinte, voltou. Nada. O outro dia passou antes com Joca, o engraxate. E aí, chefia? Na mesma, cara. Escuta, tu não soubeste? De quê? A menina. Que menina, a que eu estou procurando? Não. Aquela que eu te falei que podia saber alguma coisa. Que foi? Foi assassinada. Quem? A tal da moleca que vivia por aqui. Olha aí no caderno de polícia. Nota pequena. Corpo na rua, desfocado. A menor DG foi encontrada morta, na esquina da General Gurjão com a Primeiro de Março, vítima de várias balas disparadas por um motoqueiro que fugiu após os disparos. A polícia acha que foi acerto de contas. A menor circulava entre os drogaditos. Amadeu sentiu um aperto no peito. Estava afastado do dia a dia policial e levou um choque. Mas essa menina. Eu ainda a vi dois dias atrás. Tentei falar, mas não quis. E a mãe e a tia, como estão? Acho que agora elas piram de vez. Fizeram escândalo, me contaram quando cheguei. Viajaram. Pra onde? Não sei. E agora, recomeçar tudo? Passou na frente da casa. Tudo fechado. Ia saindo. Tio, o senhor tá procurando a Di? Di? Dionete. É, mas soube agora. Ela era minha amiga. Sinto muito. Ah, você chegou a conhecer uma amiga dela? Espera aí. Tá vendo a foto? Conhece? Janalice. Sim! Mas não vejo ela há tempo. O senhor conhece? Ela sumiu e os pais estão loucos pra saber dela. Sabe alguma coisa? Ela andava com a Di. Depois, sumiu. Pode me dizer mais alguém que saiba alguma coisa? A Di tinha um coroa aí. Eles transavam pedra. Sabe o nome? Não. Eu bem que dizia pra parar com isso, mas ela não me ouvia. Dizia que eu era leso. Olha aí no que deu. Onde eu falo com esse cara? Ele vive ali na Primeiro de Março ou na Lojas Americanas. Valeu! O grupo estava jogado nas calçadas. Alguns acendendo cachimbo. Fala aí, tio. Estou procurando um cara. Um que sempre estava com a Di, essa que foi assassinada. Aqui ninguém sabe de nada, tio. Não sei quem é. Foi à Lojas Americanas; fechada. Na calçada, drogaditos e hippies. Calma, pessoa, tô aqui numa boa. Preciso saber uma coisa. Um cara que namorava com a Di, a moleca que morreu ali na Primeiro de Março. Não sei. Nunca vi. Não era o Délcio? Que Délcio, porra? Tu não sabe de nada. Délcio era o nome dele? Doutor, eu não sei de nada, eu, mas o Délcio vazou. Sumiu. Ninguém sabe pra onde? Ninguém sabe.

4

JANALICE DEMOROU A ACOSTUMAR a vista à escuridão. Gemeu pelos chutes que recebeu. Preferiu chorar. Compulsivamente. O que seria aquilo? Onde estava? Qual era a razão? Só podia ser engano. Era só uma guria que transara com o namorado e o pai botara de castigo. Uma mão tocou seu ombro. Deu um salto. Não! Psssh! Alguém sussurrou para que não chorasse. Não paro e pronto! Em alguns instantes, a claridade. Alguém abriu a porta. O que foi? Tô ouvindo barulho. Já falei que dou de rebenque em quem fizer barulho, caralho! Se ouvir mais uma vez, vão ficar sem a janta! Ah, mas é a princesinha que acabou de chorar. Minha filha, cala a boca e te acostuma. Chegou agora e já vai pegar porrada? Puta que pariu! Saiu batendo a porta. Escuridão. Onde estou?, murmurou. Não sabemos. Foste apanhada? Psssh! Nós estamos na mesma. Eram quatro, com Janalice. Mocinhas. Onde? Eu, quando saí do colégio. Eu, no supermercado. Na rua. Na festa. E tu? Na rua. Passou uma Kombi e me jogaram dentro. Pra quê? O que vão fazer conosco? Não fiz nada. Nem nós. Ai, meu paizinho. Minha Nossa Senhora de Nazaré! Batida na porta. Para, caralho! Psssh! Ficaram sem janta. No escuro. Onde faz xixi? Ali, naquele buraco. Quarto pequeno. Cheiro de suor. Nenhum móvel. Sem janelas. Dava pra ver. Onde havia, foi tapada com tijolos. Dormiram no chão. Passou o primeiro dia. De almoço, leite mal batido. A barriga roncava. A janta. Dois dias. Conversavam sussurrando. Namorados.

As famílias. Colégio. Todas moravam em bairros afastados do centro. Menos Janalice. Pensou em ter sido vendida por Di e seu coroa viciado. Chorou de raiva. E agora, quem saberia dela? Vai ver nem se preocuparam. O pai ainda com raiva. A mãe mosca--morta. A tia, essa nem lembrou. O filho da puta do namorado. Pode ter sido ele. Filho da puta.

A porta se abriu. A mulher. Um homem. Gordo, feio, baixo. Olhou uma por uma. Deteve-se em Janalice. Manda levar essa branquinha lá pra casa. Fechou a porta. O que será que vão fazer conosco? Dois homens apareceram. Janalice lutou, mas eles a levaram. Um carro grande, luxuoso. Vidros pretos. Pra onde é que eu vou? O que vão fazer comigo? Nada. O carro entrou em uma casa. Na garagem. Etelvina, o chefe mandou deixar essa aqui pra ele. Pode deixar. Deixa comigo. Vem, minha filha. Hesitou. Empurraram. Tá bom, pessoal. Não vai marcar a menina. O chefe não vai gostar. Entra, mocinha. Dois andares. Pode entrar. Não entro. Menina, não fresca, aqui tu estás segura. Segura do quê? O chefe vai chegar. Ele te diz. Vem cá. Vou te dar um banho. Estás imunda, fedendo. Tira a roupa. Não. Mas que coisa! Vem tomar banho, não vou te fazer mal! Foi. Banheira. Sais. Xampu. Fez as unhas. Toalhas felpudas. Penteado. E agora? Tá com fome? Tô. Vou te fazer um lanche. Quando o chefe chegar, tu jantas com ele. Não, nada de vestir esses trapos. E o que vou vestir? Nada. O chefe te quer assim. Por favor, me deixa vestir nem que seja a calcinha. Credo! Não. Está fedendo. Vou fazer o lanche. Quarto grande. Cama bonita. Carpete. Penteadeira. Ar-condicionado. Deitou e sentiu o conforto que lhe tiraram. Veio o lanche. Comeu vorazmente. Dormiu. Acordou com barulho. Ele. Aquele homem baixo, gordo, suarento, feio. Não se assuste. Fique longe de mim! Por favor, não vou te fazer mal! Não! Sentou na beira da cama. Como é seu nome, boneca? Não respondeu. Pode dizer seu nome, ao menos? Você é muito arisca, menina. Como se chama? Janalice. Hum, Janalice. Bom, para mim, de hoje em diante, se chamará Jane. Não me faz nenhum mal. Eu não fiz nada. Olhe, eu estava na rua e... Eu sei de tudo. Fica tranquila. De hoje em diante, tu és minha. Não tem ideia da tua sorte. Sorte? Sorte, sim, senhora. Puxa, como é linda, querida. Sabe de uma coisa? Vou te provar agora, viu? Foi tirando as roupas. Janalice pulou da cama. Tentou esconder-se no banheiro. Não tinha porta. Aquele homem foi chegando lentamente. Senhor do lugar. Encolheu-se junto a uma parede. Gritou nome de santos. Dos pais. Ele a levantou, chorando. Aquele cheiro, nunca mais esqueceria. E tinha muita força. Deitou-a no chão e a possuiu violentamente. Serviu-se à vontade. Janalice sentiu dor, humilhação, impotência. Tentou resistir. Fechou os olhos. Pensou no namorado. Nos amigos. Na mãe. Acabou. Menina, tu és muito gostosa. Branquinha, com esses peitos grandes, meu Deus, que presente! Agora vamos tomar banho. Venha. Puxou-a com delicadeza. Janalice ia feito autômata. Tomaram uma ducha. Ele a limpou ternamente. A enxugou. Vamos jantar. Tô sem fome. Não faz isso. Precisas te alimentar, ficar bonita. Ainda demorou alguns minutos. A barriga roncava. Comeu. Voltaram ao quarto. Vestiu-se e saiu. Até mais tarde. Nua, Janalice – ou Jane, de agora em diante – sentiu-se completamente só no mundo e sem nenhuma chance. O que fizera para merecer isso? Encolheu-se em um canto e chorou. Acabou dormindo ali. Quando acordou, sentiu dores pela má posição em que dormiu. Ele chegou. Foi até ela. Fez carinho. Jane de olhos fechados. Vamos, que malcriada! Vem para a cama, vem. Levantou. Deitou e dormiu. Acordou, ele ao lado, nu. Tinha asco. Nojo. Medo. Mexeu-se. Ele acordou. Minha branquinha. Te quero agora, sem pressa. Começou pelos dedos dos pés. Subiu pelas pernas. Pelo interno das coxas. Jane botou as mãos protegendo a vagina. Deixa, vamos. Eu tô te tratando tão bem. Olha só. Virou seu corpo de barriga para baixo. Subiu e meteu a boca em seu ânus. Jane não sabia mais o que fazia. Bloqueava qualquer sensação. Mesmo as contrações de prazer que sentia, involuntárias. Massagem nas costas. Na nuca, deixou escapar um gemido. Poxa, finalmente! Existe alguém aí, né? Virou-a novamente e agora fez carinho nos seios, demorando em chupá-los. A mão escorregou lentamente até a vagina e agora o caminho estava livre. Jane olhava para o teto. Agora misturava asco e prazer. Ele massageava seu clitóris, docemente e dentro dela, uma onda gigantesca se formava. O corpo começou a tremer, e o orgasmo veio, impossível de deter. Jane gozou forte, como que unindo a tensão daqueles dias, o nojo pelo homem e o prazer que recebia. Ele começou a penetrá-la e pensou que o queria, apesar de tudo. Sexo demorado. Sem pressa. Quando acabaram, ele a levou ao banheiro e a lavou. Enxugou. Deitou-a na cama e a beijou todinha. Jane disfarçava agora a cara de aborrecida. Vestiu-se e saiu. Jane ficou pensando. Gordo, barriga de banha! Filho da puta. Nojento. Sentia vontade de vomitar só de lembrar daquele monstro feio. O dia passou. À noite, ele voltou e fez sexo novamente. Ao acordar. Jane odiava a si própria por gozar tão intensamente. E aquelas palavras ternas! Era uma prisioneira! Humilhada. Nua. Um objeto. Chorava. Mas lembrava do ato. Do gozo. Os dias passaram. Uma noite, no jantar, abriu uma caixa. Um colar de pérolas. Pra mim? Sim, branquinha. Deixa eu botar. Olhou-se no espelho. Estava linda. Talvez uma maquiagem. Você nunca nem me disse seu nome. Meu nome é bom não saber, mas, se quer chamar por um nome, me chama de Zé. Pronto. Tu estás tão linda! Etelvina, guarda no jantar? Fizeram amor. O tal do Zé era horroroso. Cara cheia de espinhas, baixo, gordo, suarento, mas fazia amor como ninguém. Jane agora não escondia seu gozo. Oferecia-se. Aos poucos, afeiçoou-se àquele homem. Os dias passavam e agora tomava a iniciativa, desfrutando também do corpo dele. Zé, preciso de uma maquiagem. Pra quê? Tu já és linda assim, nua. Ah, sei lá, coisa de mulher. Tá bom. Vou trazer. Quanto tu calças? 36. À noite, trouxe um salto alto, lindo. E maquiagem. Ficou sentado assistindo a Jane pintar-se. Calça o sapato. Anda pra mim aqui no quarto. Andou. Terminaram na cama. Depois do sexo. Deitados. Zé, o que é que tu fazes pra ganhar a vida? Queres mesmo saber? Quero. Não conto. É perigoso. E aquelas outras meninas que estavam na casa? Não sei. Me chamaram para ver as meninas, te vi e te comprei. Compraste? Sim. Custou caro? Sim. Mas vale a pena. Zé, um dia eu vou sair daqui? Vamos sair juntos? Uma festa, cinema. Jane, queres saber muito. Não és feliz? Quantas joias já te dei? Mas é que... Jane, tu és minha. Poderia ser um cara escroto. Não sou. Não te trato bem? Sim. Me trata. Não fazemos amor gostoso? Eu escuto quando tu gozas. Tu gostas, né? Gosto. Então, deixa essas perguntas. Um dia, de repente, isso se resolve. Não fica sofrendo. Deixa acontecer.

Passaram-se mais dias. Alguns meses. Naquela manhã, fizeram amor. Ele se vestiu e saiu. Etelvina veio com roupas. Te veste. Vais sair. Sair, como? Cadê o Zé? Quem? Ele não vem? Ele sabe disso? Sabe muito bem. Te veste. Saíram. Desceram à garagem. Carro peliculado. Quando desceram, estava à beira d'agua. Porto do Sal. Qualquer lugar. Uma estância. Rio Mar, leu em uma placa. Entrou em um barco popopô. Dentro, outras meninas. Foi empurrada. Sentou no chão. Pra onde vamos? Não sei. Cala a boca, caralho! Janalice não entendia. Onde estava Zé, o homem que, em poucos meses, aprendera a amar? Será que ele sabia disso? Não era mais sua branquinha? Estava de volta à condição de raptada. O barco saiu na direção do Marajó.

5

PARADA DADA. O NAVIO saiu da Estrada Nova, tendo como destino Gurupá e Almeirim. Jogador, Brito, Dezenove, Mael e Loro compraram passagem e entraram. Quando estavam próximos ao rio Carnapijó, entraram na cabine e renderam o comandante. Deram uma coronhada que abriu a cabeça de Onofre, veterano daqueles rios. A camisa empapada de sangue. Houve pânico. Deram tiros para o alto. Silêncio, senão leva bala. Mulheres e crianças pra cá. Homens pra lá. Dezenove pegou o celular e avisou Preá, que esperava, próximo, com sua turma, em rabetas. Na cabine, assumiram o leme e levaram o barco para a boca do Arari, um braço de rio entre Ponta de Pedras e Cachoeira do Arari.

No convés, Jogador reinava. Os outros recolhiam as posses dos passageiros. Mael gostou de uma mulher que estava com o marido. Quer morrer? Não te mexe. Vê como se fode uma boceta! Seu merda! Vem cá, caralho! Rasgou a roupa da mulher. Empurrou-a de cara na parede. Ela chorava. Meu pau vai te fazer parar de chorar. Meteu de uma vez. O marido lagrimava de raiva. Ele se serviu. Ela aguentou calada. Os olhos no marido. Porra, caralho. Égua da mulher escrota! Os outros riam. Mael se empolgou. Já fodeste uma prenha, Dezenove? Sabe de nada! Olha aquela. Vai lá e fode ela. Vai que eu quero ver. Vai gelar? Vai gelar? Tu vai é ver. Dezenove foi lá. Puxou a mulher para o meio. Uma criança chorou. Segura aí, senão vou matar. Ele a penetrou no chão e, ao final, deu-lhe um chute na barriga. Te foder, Mael. Aqui é eu e pronto! Vamos fazer concurso de bolacha? Vamos! Foram aos homens. Cada um levou um tapa no rosto, bem forte. Tá bom aqui. Agora nas mulheres. As mulheres levaram tapas fortes. Choraram. Cala a boca, senão agora é dos moleques. Olha aquela ali. Não, seu moço, pel'amor de Deus! As mulheres tira a roupa! Todas! Agora se peguem. Pega no peito dela. Peitão bonito! Tu aí, mete o dedo na boceta. Mete que eu estou gravando aqui no celular. Vai!

Chegou Preá. Vários jovens pularam para o barco. Alguns não tinham mais de doze anos. Trabalharam rápido, transportando eletrodomésticos, peças de motocicletas, fardos de charque, tambores de óleo, mais celulares, joias e dinheiro dos passageiros. Inutilizaram o motor do barco e o deixaram à deriva. Foram embora festejando.

Descarregaram o produto do roubo e passaram o dia seguinte bebendo e se divertindo. Jogador foi buscar umas mulheres, e a farra durou dois dias. Preá foi falar no rádio. Confirmou a ação. O dono da carga roubada receberia dinheiro do seguro e compraria os produtos de Preá novamente, por menor preço.

Em pouco tempo, Preá assumiu a liderança do grupo que era do pai, Tabaco. Aliou-se aos membros mais jovens. Quem não gostou foi embora ou morto. Quem ficou pensou mais nos lucros. Jogador era o que ia na frente. Ganhava percentual maior por isso. Preá nos negócios. Tudo o que vinha pelo rio era avisado e ele decidia pra onde ia. Os empresários ganhavam seguro, recompravam de Preá por menores preços, e todos ficavam felizes.

Nunca esqueceu os acontecimentos do assalto ao Portuga, a morte da mulher e o assassinato do pai. Tinha sempre segurança à volta. Quanto a Pitico, sabia onde estava. Aguardava o melhor momento para eliminar aquela ligação com o passado.

Era uma noite sem lua. Na escuridão, assaltaram o empurrador *Jacarandá* e as balsas *Brasília* e *Linave IV*, que vinham em comboio de Manaus. O empurrador foi fácil. Pouca gente. Nas balsas, havia seguranças e policiais. Por isso Jogador passou a faca no pescoço do primeiro e saiu carregando o corpo, mostrando a cabeça pendendo, quase decepada. E aí, quem vai ser o próximo? Ninguém vai sair vivo daqui. Melhor desistir. Os guardas e os seguranças olharam em volta e estavam cercados. Loro deu um tiro na barriga de um. Não gosto de macho me olhando. Olha pro chão! Olha pro chão, caralho! Joga as armas, se quiser ficar vivo! Jogaram. Vai todo mundo para esse lado. Tá todo mundo? Não, tripulantes ficam. Agora, se joga. Se joga todo mundo pra não levar tiro. Já. Deu dois tiros para o alto. Os seguranças e os guardas se atiraram. Ficaram rindo. Deram alguns tiros nos que nadavam. Tu achas que eles vão chegar? Tomara que não. E virando-se para os tripulantes. Agora é nós. Vamos ali pro Arrozal. Jogador começou a humilhar. Vamos brincar de corrida. Fizeram um corredor. Os tripulantes passavam correndo, levando coronhadas. Mael decidiu comer uma bunda. Juntou para assistir. Não, por favor. Levou coronhada. Um chute. Outra coronhada. Baixa a calça, caralho. Mael meteu. O homem urrou. Levou uns tapas na cabeça. O bando ria. Quando acabou, perguntou quem ia ser o próximo. Dezenove veio. Sempre tu, né? Gostas de um pão com manteiga. Preá chegou de rabeta. Comandante, essa carga é do Sapo? Não sei, não, senhor. Preá deu um tiro em seu pé. O homem gritou e ficou no chão, gemendo. Vou perguntar mais uma vez. Quer levar um tiro no saco? Não. Não, senhor, caralho! Diz! Não, senhor. É do Sapo ou não é? É. Tá. Era isso que eu queria saber. Vamos descarregar. Aparelhos de TV, ar-condicionado e carros em duas carretas. Não tendo como levar, destruíram os veículos. Voltaram para a sede. Alguns seguranças morreram afogados. Tripulantes precisaram de ajuda psicológica.

Preá e seu bando festejavam, mas agora precisavam tomar cuidado. Roubar a carga de um concorrente era um ato de extrema ousadia. Soube que Sapo aguardava os produtos, próximo a Abaetetuba. No rádio, falou com Roberto Valente, intermediário, para encontrar comprador. Entrar em Belém era fácil. De madrugada, pelo canal do Galo. Chegaram drogas e roubos. Depositava o dinheiro na agência do Banpará em Breves, claro, no nome de sua mãe, que lhe emprestara CPF e outros documentos. O processo era feito por um advogado de confiança. Era bem recebido pelo prefeito, um calhorda também, que sabia de suas atividades e era tão sujo quanto pau de galinheiro. Faziam parte da mesma quadrilha.

Agora era o *Maguará*, navio que estava a doze milhas de Belém, voltando de quarenta dias de pesca após o defeso do camarão-rosa. A carga era de cinco toneladas de crustáceos. Não tiveram como reagir. Vinte homens armados de escopetas e pistolas invadiram, ferindo tripulantes, agredindo o comandante. Cortaram a comunicação via satélite. Jogador fez sua graça. Mandou os tripulantes deitarem e passava por cima deles. Depois, fez alguns cometerem felação com os outros. Quem não ficasse de membro ereto era agredido. Quase decepou o pênis de um dos tripulantes. Aleijou outro ao atirar de escopeta em seu joelho. Nunca mais andaria. Levaram o navio para trás da ilha de Cotijuba. Vamos trabalhar. Levaram GPS marítimo, bússola de navegação, dois rádios transmissores SSB e UHS, três redes de pesca, pertences, alimentos, 10 mil litros de óleo diesel e a carga. Vou ter caganeira de tanto comer camarão, porra! Trancaram os tripulantes na geleira do barco. Quando iniciaram a fuga, tiros. Era a quadrilha de Sapo querendo se vingar. Uma luta para quem tinha o motor mais rápido nas rabetas. Brito e Loro não chegaram. Ficaram pelo caminho. Abandonaram a carga. Fugiram para a escuridão. Desligaram o motor. Escondidos. Sapo desistiu. Voltou para ficar com a carga. Filho da puta. Fomos dedurados, com certeza! Cadê o Brito? O Loro? Já era. Vamos pra casa. Ele vai me pagar. Não sabe com quem se meteu! Era seu primeiro fracasso. Nem tanto. De manhã, soube que Sapo foi preso. As lanchas chegaram com tudo. Eles largaram a carga. Sapo se escondeu no rio Macaco. Foi preso. Pega, filho da puta! Agora eu quero é te ver gastando dinheiro pra sair dessa! E eu ainda vou te pegar. No rádio, com Roberto, o intermediário. Já soube, porra. Tem como liquidar essa fatura agora? Eu pago. Vale a pena. Filho da puta me roubou uma carga.

Eu pago. Manda liquidar. Quê? Essa foi boa. Pegaram Sapo na rabeta, sem documentos. Disse que não sabia de nada. Que a rabeta era dos filhos que pediram pra ele levar. Inocente pra caralho! Que se foda!

Soubeste? Pitico queimou um soldado em Muaná. O sacana tirou o cabaço da filha do dono supermercado de lá. O porra mandou chamar Pitico. Tá cheio de polícia querendo pegar Pitico. Um caralho que vão achar. Mas tu vais achar, Calango. Eu, Preá? Tu. Chegou a hora dele. Mas onde, se ninguém sabe? Eu sei. Na fazenda Murunim, em Soure. Na casa de um tio dele. Pega o que precisa e vai. Mas logo eu, Preá? Tu, porra. Pitico é meu chegado, Preá. Tá gelando? Não, mas é que... Me diz uma coisa, tu não ganhas mais dinheiro, mais reparte do que no tempo do Tabaco? Me diz. Ganho. Algum problema? Então vai. Se não vais, me diz que eu chamo outro, mas também dá o fora. Não, Preá, eu vou. Acho bom. Não podia deixar Pitico vivo. Era um dos líderes antigos, homem de confiança de Tabaco. Se deixasse voltar, ele ia acabar ocupando meu lugar. Te fode.

Barrão, prefeito de Breves, avisou que tinha festa. Ia ter muita mulher, direto de Belém. Carga da boa. Vem pra desopilar o fígado e trocar o óleo, parceiro! Preá e Jogador chegaram e preferiram, antes, dar uma volta na cidade. Era a primeira vez que Preá ia a uma festa daquelas. Antes, era Tabaco que ia e voltava contando causos, mulheres e bebida. Me leva no Xirizal, pediu ao motora. Passaram lentamente pelas boates, funcionando 24 horas. Àquela hora, antes das seis da tarde, ainda havia pouco movimento. Deixa a gente aqui. Dá um rolé e volta em duas horas. Desceram e se abancaram em um boteco. Elas se aproximaram logo. Oi, deixa eu chupar teu pau? Paga cinco. Dez pra engolir. Outra, uns treze anos, peitinhos ainda em flor, queria transar. Tu queres ver minha boceta? Olha aqui, tu vais gostar. Não, obrigado, moleca. Vai andando. Então me dá qualquer coisa que eu preciso levar comida pra minha mãe. Toma aqui dez e não enche o saco. Beberam umas cervejas. O motora chegou.

Vamos pro frege. O sítio estava todo iluminado. Carros estacionados desde a entrada. O brega rolava alto de uma aparelhagem. Preá conhecia alguns. Vereadores, comerciantes. Barrão veio dar um abraço largo. Fala, Preá! Seja bem-vindo! Porra, filho da puta, vieste, enfim! Égua do cara pra viver entocado, porra. E tu? Esse é Jogador. Meu braço direito. Bacana. Já tomaste uma? Garçom! Porra, como é que tu deixas meu amigo com sede, puta que pariu? Todos riram. Tá começando, Preá. As meninas já vêm. Já estão com o xiri coçando, porra!

6

LIZETE FOI À PRAÇA da República participar de um programa de TV que mostrava pessoas à procura de entes queridos que sumiram. Levou foto, cartaz. Quando chegou sua vez, chorou. Volta, minha filha. Teu pai está desesperado. Volta pra casa. Telefona. Fala com a gente.

Pedro deu pra beber. Estava prestes a perder o emprego. Foi-se a vontade de viver. Quando podia, circulava pela Presidente Vargas. De repente, Janalice poderia aparecer. Daiane e namorado seguiam a vida. Essa pequena fugiu foi com namorado. Quando o cara cansar dela, dá o fora e ela volta. Eu nem me apresso.

Amadeu estava acabrunhado. Sabia o que se passava com Pedro. Evitava até ligar. Circulava pela região onde a garota desaparecera. Fala, Joca, dá um brilho aí. Escuta, nada daquela garota? Que garota? Aquela que sumiu, lembras? Ih, Amadeu, por aqui, todo dia tem novidade. Já nem lembrava. Porra, tu ficas aí só escutando esse rádio. É o programa do Orlando Urubu. Nunca ouviste. Esse porra ainda tem programa de rádio? Tem de haver seleção... Hoje ele está com os caraio, porque descobriram umas meninas que iam a Caiena para a prostituição.

"Estamos aqui com o delegado Roberto Barbosa, que comandou essa operação no Benguí. Delegado, quer dizer que essas garotas todas seriam vendidas para a prostituição? Positivo. Recebemos denúncia. Essa tal de Carlena Gonçalves, rapta ou então vira a cabeça dessas meninas bobas, prometendo euro, dinheiro bom e fácil, só pra dançar nas boates em Caiena. Quando elas chegam, ficam sem passaporte e começam devendo passagem, comida e aí viram escravas sexuais. Só aqui encontramos quatro garotas trancadas. Orlando Urubu na área, ouvintes, não podemos entrevistar as meninas porque são menores e o juiz de menores não deixa, mas logo mais voltamos com novos detalhes da casa onde estavam presas, prontas para serem escravas brancas, jovens que não chegam a ter dezesseis anos. Um verdadeiro escândalo. Felizmente a polícia apareceu. Delegado, somente mais uma pergunta: Há outras investigações na direção desses crimes de escravas brancas? Há, mas não posso te adiantar nada. Orlando Urubu na área. Logo mais eu volto."

Sabes onde fica a Rádio Clube? Ali na frente do Bosque. Valeu, Joca!

Cercado por ouvintes, pedintes e ajudantes, Orlando saía do prédio da RBA quando viu Amadeu. Ih, rapá, olha quem tá por aqui! Fala, meu rei! Esse aqui é dos bons! Olhem bem esse cara. Delega dos bons. Se aposentou, não tiro a razão, mas Belém perdeu com a saída dele. E aí, meu querido, tás precisando de alguma coisa? Tens dois minutos fora desses teus fãs? Porra, viraste uma estrela, caralho! Trabalho, Amadeu, trabalho. Sabes quantas horas eu durmo por dia? Não. Nem eu. Depende do que acontecer. Por que não te candidatas a vereador? Esse pessoal todo vota em ti. Ganhas mais e podes até continuar o programa. Já me sondaram, sabes? Mas eu não sei. Todo dia ir engravatado escutar aqueles merdas falarem bobagem? Porra, eu gosto de ação. De ir no fato quentinho. Tu me conheces. Mas me diz. Meu amigo, irmão mesmo, Pedrão, acho que tu não o conheces. A filha, uma moleca linda, catorze, quinze anos, sei lá, sumiu. Sumiu? Não foi namorado? Podia ser. Botaram na internet um vídeo dela transando com o cara. O pai mandou passar uma temporada na casa da tia, ali no centro. Mas logo ali? O cara não pensou. Sumiu. Porra, já estive lá, perguntei, fucei e nada. Tinha uma garota que virou amiga dela. Meio doidinha, morava com a mãe e a tia, ali na Frei Gil, sabes? Pois não é que essa garota foi assassinada? Ih, começou a feder. E mais nada. Isso já tem uns dois meses. A mãe foi à TV, procurou nos hospitais, com a polícia e nada. Mas eu fico passando o pano. Passo por lá, fico abicorando. Porra, o pai está desesperado. Perdeu emprego, tá bebendo, uma merda. Apaixonado pela filha. E eu onde entro nessa? Pois é, eu tava lá na Presidente Vargas com o Joca, te lembras do João Carlos, que jogava pra caralho futebol? Não sei. Não se deu bem na vida e agora é engraxate ali na frente do INSS. Pois é, eu tava lá papeando, jogando conversa fora, e ele com o rádio ligado no teu programa. Te ouvi falando da casa que estouraram hoje com as meninas que iam ser traficadas. Me deu um estalo. E se a menina foi raptada? Cara, preciso de uma pista. Agora me deu na veneta e não vou descansar. Sei lá, podia falar com o delegado Roberto. Ele é que está à frente do caso. Queres falar com ele? Quero, mas preciso de uma entrada. Tu terias tempo pra isso? Porra, cara, agora vou passar em casa. Estou virado. Preciso dormir, bater um charque com a patroa. Amanhã, deixa ver, amanhã de manhã, antes das dez, a gente se encontra na Seccional e fala com ele. Combinado?

Porra, Amadeu, não vai dar. Eu te disse que o tempo é pouco. Vamos deixar pra amanhã, mesmo horário? Valeu. Amanhã. Amadeu estava em frente à Seccional. Decidiu tentar sozinho. O delegado Roberto está em diligência. Não sei a que horas volta. Tá bom.

Fala, Amadeu! Hoje vai dar certo. Vamos lá? Fala, querida, o delega tá? Esse é o melhor delegado do Pará! Fala, delega! Fala, Urubu! Porra, também não esculhamba, né? Esse aqui é Amadeu, teu ex-colega, aposentado. Prazer! Da velha guarda? Isso. Trabalhei mais ali pelo Guamá e por Jurunas, acho que não chegamos a cruzar. Pode ser. Também tenho pouco tempo no cargo. Enfim, algum problema? O colega aqui precisa de uma pista. Uma garota, filha de um amigo, sumiu. Vai ver foi com o namorado. Não, não foi. Ela aprontou com o namorado, botaram no Facebook. Essas gurias de hoje são foda! O pai se emputeceu, mandou pra casa da tia por uns tempos, ali no centro da cidade. Mas onde ela foi se meter. Sumiu. O pai chamou Amadeu. Ele escarafunchou, descobriu uma amiga e uns dias depois essa amiga foi assassinada. E pronto. Sumiu. Já foram a hospital, polícia, os caralho e nada. Aí ele me ouviu, ouviu a gente, na batida naquela casa das meninas que iam ser traficadas e achou que podia encontrar alguma coisa. Ah, sim. Ela tá aqui, trancada. Tá fodida, mas já ouvi falar que tem advogado, sei lá, já não me admiro mais com nada. Delegado, e essas meninas? O senhor tem os nomes delas? Tenho. Espera aí. Nada de Janalice. As fotos não posso mostrar porque são de menor. E se a gente falar com essa mulher? Ela não quer dizer nada. É uma quadrilha. A gente tá tentando extrair alguma coisa, mas ela é puta velha, matreira, está esperando o advogado entrar com *habeas corpus*, o escambau. Acho difícil, mas, se quiser tentar...

Carlene sentou e esperou. Olha aqui, doutor, eu sei dos meus direitos, não estou aqui para dizer nada, vou logo avisando. Eu não te perguntei nada, porra. Mas esses dois aqui, eles. Esse pretioco aí eu sei. Tu vai te dar mal, sacana, tu é dedo-duro. Levou um bofetão. Vira a língua, filha da puta. Quem manda aqui sou eu. Não te chamei pra dar uma de escrota. Baixa a bola, porra! Escuta, Carlene, eu estou atrás da minha filha, Janalice. Olha aqui essa foto. Tu viste ela? Me diz, por favor. Respeita a dor de um pai. Carlene não olhava. Por que eu vou dizer? Eu não fiz nada. Quero meu advogado. Não vou nem olhar. Por favor, Carlene, eu não tenho nada com esse caso seu com a polícia. Diga alguma coisa. Olhe a foto. Carlene olhou. Sei lá. Nunca vi. Também, a gente conhece tanta gente, né? Tu não queres dizer nada, né? Mas enquanto tu estás aqui, presa, teus concorrentes tão agindo livres, livres. E, se depender de mim, tu nunca mais vais sair. Quero meu advogado. Não digo mais nada. Guarda, pode levar. Então, vai ser assim. Eu bem que queria aliviar tua barra, mas tu queres dar uma de escrota, vai ser assim.

Sinto muito, Orlando e Amadeu. Esse pessoal tem gente graúda por trás, faturando. Mas tem uma coisa. Esse tráfico está no caminho de Caiena e Suriname. E antes, ali no Marajó. Essas cidades tipo Soure, Breves, Portel, Melgaço, ali perto do estreito, porra, tem muita coisa disso. A gente não pode agir porque falta verba, os caralhos. A delegacia fluvial não tem pessoal suficiente nem lancha pra fiscalizar. Olha, procura o bispo do Marajó em Breves. O cara já botou a boca no trombone, acusou todo mundo e ninguém fez nada. Mas tem outra vertente, que envia para cidades como Goiânia, Porto Alegre e também para a Espanha. É difícil, infelizmente. Sei lá, é só o que eu posso te dizer. Tá bom. Muito obrigado. Tu fizeste o possível. Valeu a visita, Amadeu. Orlando, já tá bom pra mim te ver quase todo dia, né? Vai embora, porra. Um abraço, delega.

Tu vais continuar nisso, Amadeu? Sei lá. Essa agora amoleceu o pau. Sei lá. Vou pensar. Vou ligar pro Pedro, contar pra ele, quer dizer, nem sei se faço isso. O cara vai ficar ainda mais pra baixo. Vou pensar, cara. Obrigado por tudo. Porra, pro Marajó até que dá pra ir, mas essas cidades e tal, aí já é Polícia Federal. Mas tem uma coisa, se ela saiu do Brasil, a PF pode saber por causa do passaporte, né? Enfim. Vou pensar. A gente aqui se preocupando e de repente a moleca tá é com o namorado. Olha, eu sei que tu és ocupado. Já foi, Amadeu. Prazer em te ver. Vê se te elege, porra. Vai de lavagem. Tá bom. Agora tem uma coisa. Se tu descobrires alguma coisa, me liga. Vou te dar meu celular. Liga que tu sabes, a gente vive de notícia e de repente é um furo espetacular. Tá bom. A gente se vê.

Foi à casa de Pedro. Cadê o homem? Não sai do sofá. Não quer mais fazer nada. Passa o dia vendo vídeo da Janalice. E aí, cara? E aí? Nada, meu. Tô fodido. Matei minha filha. Que isso! Foi minha culpa, Amadeu. Minha filha, a coisa mais importante da minha vida. Eu peço perdão todo dia pra Lizete. Levanta daí, homem! Vem viver! Viver como, se não tenho vontade? Olha como ela era linda. Era, não, cara. É linda e nós vamos encontrar. Amadeu assistiu um pouco ao vídeo. Era bom para conhecer a menina em movimento, e não só em simples foto. Quer um cafezinho, Amadeu? Aceito.

Olha. Podes me emprestar o BO que vocês fizeram na Seccional do Comércio? Vou buscar. Pra que, cara? Nada. Quero voltar lá, de repente acontece alguma coisa. Tá aqui. Valeu. O cafezinho estava ótimo. Agora vou andando. Pedrão, sai dessa, homem.

Amadeu foi na PF. Mostrou seus documentos. O BO. Está bem, vamos rastrear. Passa aqui na semana que vem. Semana que vem? Não dá pra ser antes? Se for antes, eu te ligo.

Três dias depois. Não. Com passaporte, não. Valeu. Pra outras cidades, só se a Seccional mandasse um pedido de atenção. Foi com Nelson Souza, o delegado. Tá bom. E agora? Estava empolgado? Valia a pena? Tinha largado a polícia por tempo de serviço e também por cansaço. Mas tinha em mãos um caso interessante. Para sentir-se vivo. Ativo. Útil. Um amigo e pai desesperado. Pega o dinheiro da aposentadoria, que não sabia bem por que estava guardando, e investe na busca? Aguentaria? Um velho como ele? Começar por onde? Pelo bispo? Talvez. Melhor saber onde ele estava, no Marajó. Em Melgaço, o menor IDH do Brasil. Miséria pura. Comprou a passagem.

O bispo estava na igreja, batizando. Meu filho, você sabe que estou prometido para morir. A qualquer momento una bala me mata. Mas não vou me calar. Essa región não tem lei. Aqui mesmo, em Melgaço, Portel, Breves, há boates, todas com quartos, quartinhos, só espacio para una cama. As meninas são vendidas. E ainda há pais que vendem sus hijas porque estão com fome. Vendem por quinhentos reais, no meio de la calle. Tem niños se vendendo por três reais à vista de todos, nada escondido. Sabe o que es pior? Prefeito, vereadores, empresários, formam una quadrilha. Pagam alto para deflorar as virgens! Um horor! Es muy próximo da Guiana, mas aqui non chega a Marinha, la policia, nadie. Tu procuras una niña. Sim, padre. Os pais estão desesperados. Mas usted sabe que ela pode ter ido para a Europa? A Polícia Federal rastreou o nome e não a encontrou, oficialmente, saída do Brasil. Então vim tentar aqui. E por que usted está haciendo isso? Por la plata? Não, padre. Não conheço muitos homens bons por aqui. Não é isso, padre. Sou policial aposentado. O pai é meu amigo. Vim pela menina e também para voltar a viver. Aposentado eu estava jogado em casa. Cuidado. Muito cuidado com quem hablar. Não vá olvidar das paredes. Aqui se mata por muito pouco. Yo acho muito difícil. Muito. Sozinho como estás... Obrigado por me receber, seu bispo. Vai em paz. Deus te abençoe. Tomara, seu bispo.

À noite, Amadeu foi para a zona. Boates. Inferninhos. Botecos. Pediu cerveja. Ficou apreciando. Meninas jovens, caboquinhas de treze anos se oferecendo. Pensou em Janalice. Onde estará? Chamou o garçom. Bota mais uma. Escuta, só tem dessas putinhas aqui? São muito novinhas, porra. Tem mulher de verdade? Mulher de Belém, por exemplo? Essas são escrotas. Mortas de fome. Elas vão foder até por um picolé. Tu pode pagar? Posso, o coroa aqui gosta de mulher. Olha essas boates aí em frente, é tudo pobre, pereré pra caraio. Bom mesmo é na Mormaço, ali na frente, tá vendo o luminoso? Tá de passagem? Tô. Vou a Breves visitar meu filho, vaqueiro da fazenda Barroso. Então, se tu qué mulhé, vai lá. Valeu. O som era melody. Dentro, escuro, fora algumas luzes coloridas. Cheiro de bodum. Suor. A mulherada sentada em pufes. Gente dançando. Oi, meu amor. Nossa, como tu é bonito, cara. Me paga uma bebida? A gente senta ali. Era uma morena com rosto cansado, a pintura gasta, cheiro de suor e roupa brilhosa e barata. Como é teu nome? Waleska. Bonito. Amadeu olhava em volta. Procurava um rosto. Vamos lá pra dentro fazer um amorzinho gostoso? Quanto custa? Vinte reais a gente fode sem parar, gostoso. Vinte é muito. Pago dez. Égua, por dez a Sofia não deixa. Quem é Sofia? A travesti que manda na casa. Tem de dar os quinze dele. Tá bom. Tu não pareces ser daqui. És de onde? De Belém? Não. Sou de Macapá. E tem menina de Belém aqui? Por quê? Eu não sirvo? Que isso, morena, você é maravilhosa. Só pra saber. Faz tempo que não tem. De vez em quando desembarcam aí umas putas da cidade. São tão bestas! Tem certeza? Parece que eu conheço uma. Não, com certeza. As de Belém vão pra Portel e Breves, onde dá mais dinheiro. Não sei o que elas têm que eu não tenho. Duvido alguém foder melhor que eu em todo Marajó. Mas tu prometes bem, hein? Tu pagas? Tu vais ver. Vou deixar tua pica esfolada por vinte reais. Pago trinta, mas tu dás a camisinha. A travesti estava na porta que dava para os quartos. Waleska deu vinte e pegou de troco cinco. Corredor comprido. Quartinhos fétidos. Cheiro de suor, roupa usada, sexo. Uma cama. Transaram. Amadeu gostou de Waleska. Deixou pra lá o perfume barato, o suor, o bodum, o que fosse. Acabaram. Meu coroa é do bom mesmo! Agora, vamos. Já? Não posso demorar, preciso faturar. Tô devendo. Não me diz que vocês aqui ficam devendo tudo. Porra, e por tudo esse veado multa a gente. Já viste ali na porta? Cadeado. Quando termina, fecham a gente aqui. E tu não queres fugir, sei lá? Tem dias em que eu quero. Tem outros em que não sei pra onde ir. O que fazer. Só sei foder. Estou foló. Quem vai se interessar por mim? Tu és uma mulher bonita. Tá bom, meu macho, mas já ouvi muito disso. Vamos. Na boate, a festa continuava. Nos quartos também. E não tem polícia que resolva. Não, Janalice não ia acabar aqui. Era uma menina bonita, branquinha. Iam querer ganhar mais dinheiro com ela. Saiu e pegou uma rua lateral para voltar à pousada. Dois homens vieram correndo. Uma paulada. Pressentiu. Pegou no ombro. Doeu. Não havia tempo. Enfrentou. Dá o dinheiro coroa, senão vai morrer. Vem tomar. O primeiro era magrinho e levou um chute nas costelas. Dobrou-se de dor. Partiu para o outro. Trocaram socos. Foram pro chão. Mais pesado, ficou por cima. Rolou. Falta de fôlego. Sorte, encaixou o braço no pescoço. Apertou. O homem lutou. Esperneou. Melhor não deixar morrer. Largou inconsciente. O magrinho estava estático. Agora és tu. O magrinho correu. Andou, recuperando o fôlego. No dia seguinte, foi para Breves.

7

MANOEL TOURINHOS PASSOU A viver pensando na vingança contra o homem que dilacerou o corpo de sua Ana Maura. De vez em quando, pegava a rabeta e dava longos passeios. Não podia aparecer por conta de sua cor, muito branca, e de seu sotaque. Zé do Boi, nas horas vagas, seguia procurando Pitico. De início, em Soure, não soube de nada. Foi a Salvaterra, Ponte de Pedras, São Sebastião da Boa Vista, chegou até Afuá. A pista surgiu de repente. Um cabo foi assassinado em Muaná. Tinha desgraçado a filha de um comerciante. Este chamou um matador, Dioclécio, que fez o serviço. Toda a polícia do Marajó estava atrás dele. Dioclécio, vulgo Pitico. Portuga e Zé do Boi foram para Muaná. Correram os bares. Nada. Quem podia saber não dizia. O cabo morto era um escroto. Arrogante. Os comerciantes pagavam proteção. Pegava percentagem das casas de prostituição. Bebia e comia de graça. Sei lá, mermão. Pra nós, foi ótimo. Aquilo era um filho da puta. A polícia tá atrás. O capitão Silva botou todo o destacamento na rua. Tomara que não pegue. Fez um favor pra todos. O seu Diniz não pode ser culpado de nada. Até uma confissão, ele era apenas o pai da garota. Tomara que não peguem ele. Pra onde ele fugiria? Pro esconderijo. Soure. O Marajó é um mundo. É agora ou nunca. Na cidade não está. Em uma fazenda? Qual? Se estão escondendo, não vão dizer. Vai ver os donos nem sabem. Então vamos atrás de pista nos menores lugares. Nas vilas. Nessas onde todo mundo tem fome e um cara com dinheiro vai farrear. Foram margeando. Bebendo pinga, conversando. Ele é estrangeiro, é? Alemão, Zé do Boi dizia. Não fala português. E o que é que um porra dessas vem fazer aqui no fim do mundo? Sei lá, me pagando, tá bom. Chegaram à Vila Paixão. Tem uma cara estranha. O cara não é daqui. É isso. A galera vem sempre beber e ficar com as cabocas? De vez em quando baixa um aqui. É mais aí pras cidades grandes. Chega uma garota. Pergunta aí pro alemão se ele não quer foder. Faço pra ele por cinquenta reais. Égua! Assim tu estás querendo te aproveitar. Pera lá. Porra, o cara paga em dólar, né? Não, faz por vinte que tá bom. Nem fodendo. Trinta, então. Quantos anos ela tem? Doze. Muito criança. Já fode pra caralho, meu! É minha filha. Quem fodeu primeiro fui eu. Tu és o pai? Que é que tem? Eu criei, alimentei, fui o primeiro a provar desse xiri aí. Não é, Marluce? A criança concorda e ri. Tu qué fodê? Pergunta. Portuga diz que não. Ele não quer. Ele entende a nossa língua? Algumas palavras. Foder, beber, cagar. Foram embora, procurando outra birosca. Água Boa, o nome. A dona é uma mulher gorda, farta, sempre despenteada, descalça, que tem uma venda. Dona, não tem mulher pra arranjar pra gente? Tem, dotô, é só chamar. Umas meninas novinhas, nenhuma é cabaço. Cabaço é mais caro, mas a gente arranja. Tu podes pagar? Não, não quero cabaço. Mas também não quero muito novinha. Mas é das novinhas que todos gostam. Ainda tem xana apertada, dotô. Mas eu não disse? Passa cada um por aqui! Qual é o problema? Mulher nasceu pra foder, né? No mês passado prenderam o Cu de Abacate. Quem? O nome é Tião, mas o apelido é esse. Comia a filha todos os dias, e a mulher sabia! Ora, qual é o problema? A pequena foi se queixar pro bispo. Ora, que padreco tem mais é que rezar missa e não encher o saco. Até parece que vai resolver o problema. E as mulheres, vocês querem? Tem duas que não têm condição. Como assim? Um cara que esteve aqui malinou muito com elas. Porra, o cara além de foder machucou, bateu, tem uma que nem cagar consegue direito, porque o cara abriu o cu dela todinho. Diz que estava atrasado. Égua do atrasado. Lembra dele? Eu sei quem é. Por que vocês querem saber? Agora entendi. Por isso esse papo de nove horas todo. São da polícia? Não, dona. A senhora pode ver que não. O parvo disse que estava entocado numa fazenda e só tinha uma tia pra ele comer. Mulher velha, feia, escrota pra caralho. Aí veio e tirou a forra. Pagou bem. Olha, tinha dinheiro, viu? Deu pra ver. Pagou pra gente não chamar a Ambulancha, não sabe? Parece que tinha medo de saberem quem é. Estava armado. Deu tiro pro ar, tocou o terror. Deu o nome? Não. Mas disse que a fazenda é Murunim. Em Soure? Sim. E como a dona sabe que é procurado? Dito foi a Salvaterra comprar uns remédios pras pequenas e viu a polícia procurando. Ele não lembra o nome, mas o filho da puta matou um soldado em Muaná. De encomenda, não sabe? Ainda vai querer as putinhas?

Chegaram a Soure de tardinha. Hotel Pérola de Soure. Dois quartos. Um patrício? Não, não sou português. Sou das colônias. Já é alguma coisa, ô pá. Bebes um vinho? Não é como daqueles da terrinha, mas quebra um galho. O que vêm fazer aqui, tu e teu amigo? Estou morando em Muaná há alguns anos e deu vontade de conhecer outras cidades. Passei em Ponta de Pedras, Salvaterra e, agora, Soure. Tiramos umas férias. Sim, patrício, as férias são importantes. Dá pra viver bem aqui em Soure? Amigo, eu também vivo há alguns anos por aqui. Me estabeleci, abri este hotel e vou levando. Meus filhos estão na capital, por aqui somente eu e minha senhora, uma cabocla da terra! Eu também fui casado com marajoara. E o que aconteceu? Infelizmente minha esposa faleceu muito nova. Ah, que triste. Eu sinto muito! Quem sabe, aqui em Soure, tu não encontras uma nova companhia? Quem sabe? Muitas fazendas por aqui? Ah, sim. O Marajó é um lugar único. Fazendas grandes, bons amigos. Ouvi falar de uma chamada Murunim. Murunim? Ah, claro, é dos Santos Vales, família antiga, de bem. Marajoaras autênticos. Aqui vivem apenas os mais velhos. Os mais novos já foram pra Belém. Onde fica? É longe. Imagina que a frente dá para o rio Amazonas e as costas, para o oceano. Um paraíso. Consegues imaginar algo assim?

Sim. Desceram bem antes. Correnteza braba. Mantimentos acabando. Combustível no fim. Vamos direto com os proprietários? Melhor. Por aqui, a lei é diferente. Estranho que aparece sem ser convidado, o que pode ser?

Sexta-feira. Manhã cedo. O vaqueiro chamou o capataz. Belo cavalo. Um homem branco. Português. O outro é dos nossos. Podemos falar com o proprietário, o senhor Santos Vales? Mas a modo que lhe pergunto, doutor, qual seria o assunto? Desculpe, mas preferimos falar apenas para ele. A modo que isso não vai ser possível, sem me dizer do que se trata. Estamos procurando uma pessoa. São polícia? Não. E quem seria? Diremos apenas ao senhor Santos Vales. É porque, se for um magro, com cabelo grande tipo playboy, já morreu. Como assim? Veio polícia e tudo. Já levaram o assassino. Vocês tão armados? Deixa tudo comigo. É só pra defesa pessoal e caça. Deixa tudo comigo. Vamos. Saiu trotando. Cinquenta metros antes da casa grande, mandou parar. Vou avisar. Espera aqui. Voltou. O senhor vai receber vocês ali no alpendre. Está com visitas.

Pois não. Quem são os senhores? Meu nome é Manoel Tourinhos, sou angolano e vivo há muitos anos em Curralinho. Este é José Silva, mas todos o chamam de Zé do Boi. Muito prazer. Desculpem recebê-los aqui, mas é que nesta época do ano vêm muitos turistas e passam o final de semana, passeiam, enfim, vocês sabem. Do que se trata? Há alguns meses, três homens invadiram meu comércio para roubar. Eu os repeli, mas eles levaram minha esposa como refém e a mataram. Além disso, eles a esquartejaram. Estou seguindo a pista de um desses homens, e a última notícia que ouvi foi de que estaria escondido aqui, na fazenda Murunim. Por favor, sempre me disseram que os proprietários não saberiam disso. Silêncio. Sinto muito o que lhe aconteceu, prezado angolano. Isso deve ter sido terrível. Não sei se posso lhe ajudar, mas é que, infelizmente, uns três dias atrás um homem foi morto próximo daqui. Ele estava morando com Das Dores, viúva de um vaqueiro antigo, muito querido. Eu não sabia. Encontraram morto, na praia. Tive de chamar polícia, todas essas providências desagradáveis. Muito chato pra mim um acontecimento desses. E o corpo? Enterraram por aqui, não sei onde. Walter, meu capataz, pode mostrar. Sabem qual era o nome dele? Walter pode levá-los até Das Dores. Ela deve saber. Era parente dela. Mas, por favor, com discrição. Tenho hóspedes. É desagradável.

A mulher estava encolhida num canto do casebre de taipa. Quase não falava. Foi preciso Walter pedir. Ele era meu sobrinho. Apareceu aqui pedindo pra ficar um tempo. Ficava por aí o dia todo sem fazer nada. Veio uma parenta chamar ele. Quando voltou tava estranho. Calado. Não saía de casa. De noite, foi dar uma volta. Mirtes, mulher do Jacaré, sabe, veio me dizer. Teu sobrinho tá morto. Ai, Dioclécio, por que, meu Deus? Sinto muito.

Resolveu seu assunto? Da pior maneira. Queria pegar esse homem. Vou ficar sem minha vingança. Talvez tenha sido melhor assim. Pense bem. Você me parece um homem razoável, educado. Sinto pela sua tragédia, mas Deus sabe o que faz. O barco sai de madrugada levando os turistas para Soure. Quer pegar uma carona? Vamos. Melhor amarrar a rabeta e ir mais seguro. Calados a viagem toda. De Soure em diante, novamente na rabeta, direção de Curralinho, Zé do Boi falou. Portuga, vou te falar uma vez sobre isso. Vou te dizer pra tu saberes por que eu tô contigo de verdade. Eu queria te matar. Queria te matar porque tu me roubaste Ana Maura. Antes de tu apareceres, ela era minha namorada. O pai não gostava porque eu era só um vaqueiro. Mas nós namoramos desde criança. Brincamos juntos. Ela foi estudar. Eu fui pro pasto. Mas nos finais de semana nos encontrávamos pra dançar. Aparecia uma aparelhagem e lá nós íamos dançar. O pai ficava puto, mas não podia fazer nada. E tu chegaste, com esse teu sotaque de portuga, todo branquinho, boas maneiras, e ela se apaixonou. E eu não pude fazer nada. Podia te matar, inventar qualquer coisa, mas não o fiz. Pra tu teres uma ideia do meu amor por ela. Eu amava tanto que deixei ela ir contigo, para não a machucar. No dia do casamento, eu fiquei de longe. Bebi pra caralho, mordi tanto a mão de vontade de te dar porrada que saiu sangue. E depois fiquei, de longe, olhando a luz do quarto se apagar, sabendo que tu estavas... bem... tu não tens ideia como isso me doía. Dói, ainda. Eu te roguei uma praga, Portuga. Uma pssica pra vocês não serem felizes. Pra ela voltar pra mim. Pra matar a vontade de ter a vida que não tive com ela. Os filhos. Então, eu ia depois do trabalho, quase sempre, lá pra venda. Ela sabia que eu olhava pra ela. Um dia, tu não sabes, ela veio me dizer pra deixar de ir lá. Que sabia do meu sofrimento, mas não podia mentir. Que te amava. Que não me amava mais. Que eu compreendesse. Como? Então, eu ia e ficava por ali. Tu nunca percebeste. Então, quando aconteceu o... tu sabes... eu quis te matar. Pra mim tu tinhas deixado eles matarem Ana Maura. Pensei, planejei a tua morte. Ia pra cadeia, sem problema. Que vida eu tinha, sem ela? Aí tu me chamaste pra vingar Ana Maura. Eu topei. Sim, eu queria matar todos os caras. Todos. E ainda falta um, já esqueceste. Não, não esqueci. Portuga ouvia e discretamente procurava o cabo de sua faca. Então eu pensei que, depois de pegar Pitico, eu te matava, em um momento como esse, eu e tu, sozinhos, na rabeta. Portuga, tu acabaste com a minha vida sem mexer em nada. Tu levaste o meu amor. Tu levaste Ana Maura. Ficou um silêncio. Zé, eu também não tenho mais nada. Penso até em sair de Curralinho. Fazer a vida em outro lugar. O que faço agora, se para onde olho Ana Maura está? E esta terra tão grande e linda, mas sem lei, sem nada. Olha, se ainda queres me matar, me mata. Tirou a faca e jogou no fundo do barco. Faz o que quiseres. Silêncio. Portuga, eu não vou te matar. Não é por falta de coragem. É porque não é direito. Se tu não tens nada, eu também não tenho. Bela dupla fazemos. Um atira no outro, então? Tu queres fazer outra coisa, ir embora? Estás melhor que eu que nem isso tenho. Quando chegar a Curralinho, vou... olha, é aniversário de Breves. Vou a Breves, esvaziar a cabeça. Vamos, Portuga? A gente bebe umas e chora as mágoas, enterra tudo por lá. Não sei, Zé. Está me batendo agora um cansaço enorme. Tem um vazio. Queres saber? Vamos pegar aquele filho da puta que está faltando. E vamos a Breves!

8

PITICO SE CONFORMOU. O assalto tinha dado merda. Perdeu seu irmão querido, Índio. O Portuga ia rasgar o mundo atrás dele. Ficaria uns tempos com os tios. Ia relaxar. Tomar pinga o dia inteiro. Tabaco ia resolver o lance do Portuga. Quando chegou à Murunim, soube que o tio havia morrido. Só ficara Das Dores, irmã de sua mãe Joelma. Ela o acolheu. Arrumou uma rede. Falou com o dono da fazenda. De repente, podia rolar até um bico. Os dias passaram. Tomava cuidado para não circular muito. Um estranho despertava curiosidade. Das Dores se encarregou de avisar que era um sobrinho. Saía mais à noite para longos passeios na beira da praia. A família toda espalhada. A tia em Soure. Uma sobrinha de outra tia em Muaná. Ele e Índio. Índio não mais. Se criaram livres por aí. Foram fazer uma farra e encontraram a turma do Tabaco. Jovens, se chegaram até fazer parte do bando. Vida boa. Gastavam em farra tudo o que ganhavam. Não tinham que deixar nada para ninguém. O assalto ao Portuga foi ideia do Tabaco. Devia ter ido mais gente. Mas, sabe, teria preferido somente ele e o irmão. Preá veio de contrapeso. Moleque chato e metido. Ambicioso. Tabaquinho. Precisava vingar o irmão. Tabaco ia matar o filho da puta do Portuga. Os dias passavam. E nada de notícias. Começou a se encontrar às escondidas com Tetê, Teresa, catorze anos, filha da comadre Felícia, amiga de Das Dores. Ficavam à noite na praia, de fuleragem, e, quando ele tentava meter a mão nas suas partes, ela não deixava. Não mexe, seu danado, tu sabes que eu não posso. Como não pode? Tá tão gostoso, né? Pega aqui. Aí? Nem pensar. Tu és doido! Tu não queres nem olhar pra ele? Olha aqui, olha como ele é bonito, grande! Pega um pouquinho, pega. Só na cabeça. Vou me embora. Não, não vai. Tá bom, eu paro. Vamos ficar só no beijinho, tá? Mas no peitinho eu posso pegar? Só um pouquinho, então. E beijar, pode? Tu é besta! Ah, Tetê, eu não me aguento!

Quando chegou em casa, Pitico ainda estava excitado. Tomou água de bilha e sentou na mesa para pensar. No único quarto, a tia já estava deitada. Foi até a porta. Ela acordou. Dioclécio, já chegaste? Já, minha tia. Hoje está quente, né? Chegou próximo da cama. A senhora não sente calor? Sinto. Muito calor. Quando chega a noite eu sinto calor e me lembro do meu velho. O tio. É. Sentou na beira. Nem parece que tem calor, toda vestida. É? É. Tira essa camisa, tira. Olha, Dioclécio, que tu queres é fazer bandalheira comigo, é? Sou uma mulher velha, com saudade do marido, sou tia, né? O que é que tem? Só estamos nós dois aqui. Tira. Tira. Tu vais rir de mim. Uma velha assanhada. Então, ele levantou. Tu queres ver, tia? Olha aqui. Mostrou o pênis duro. Tu estás com vontade, né? Então, tu queres. Das Dores sentou na cama. Esticou o braço. Tocou no pênis e botou a boca. Ah, seu danado, isso é pecado, mas eu não aguento! Pitico a despiu. Corpo rijo, queimado de sol. Seios fartos. Eles se amaram brutalmente. Quando acabou, ele saiu calado e foi para a rede. Tinha feito sexo pensando em Tetê. E a tia, provavelmente no marido. Das Dores veio tomar água. Isso que a gente fez é pecado, Dioclécio. Acho que tu te aproveitaste de mim. Mas eu também me aproveitei de ti. Estamos quites. Acho que minha irmã pode não gostar, mas está feito. Queres saber? Quero mais. E mergulhou na virilha do sobrinho.

Os dias passaram. À noitinha, se amassava com Tetê, que agora já o masturbava, mas não permitia que a tocasse. Quando chegava na casa, a viúva o esperava, cheia de amor para dar. Só na fuleragem.

Rosinha apareceu. Já era mulher feita. Na última vez que havia visto a prima ela devia ter uns doze anos. Das Dores estava no serviço, na casa grande. Meu patrão mandou te chamar. O que é que seu Aldo quer? Lembras da Marisinha, que era bem criança naquele tempo? Pois é. Agora é uma moça linda. E daí? Se engraçou por um cabo, imagina, um cabo! Seu Diniz ficou louco. A menina não quis voltar pra Belém. Deixou o curso de vestibular e tudo. Pior. O cabo descabaçou a menina. Vai casar? Vai nada. Seu Diniz mandou te chamar pra cuidar do cabo. Tu topas? Ele paga? Paga. Mil reais. Só? Pode aumentar, mas aí só falando com ele. Eu topo. Tô aqui coçando o saco. Disseram que tu mataste e cortaste em pedaços a mulher de um cara, foi? Mataram Índio, Rosinha, o Índio! Meu Deus! Isso não me disseram. Deram tiro. Morreu na minha frente. O cara tem dinheiro, ia me procurar, atrapalhar o Tabaco. Me mandou pra cá. Sabes alguma coisa? Tabaco morreu. Agora quem manda é um tal de Preá. Preá? Aquele bostinha? Desculpa, Rosinha. Não pode ser. E o serviço é pra já? Vamos pra Soure depois do almoço e de lá pegamos o barco. Das Dores chegou. Conversaram. Riram. Vou passar uns dias com Rosinha em Muaná, viu, tia? Das Dores ficou sem graça. Não podia passar sem o sobrinho. Quanto tempo? Ah, uma semana, no máximo, tia, tá bom? Tá bom, mas vê se me volta logo, viste? E apenas para ele: Não te mete com Rosinha. Tu já tens dono... Um beijo, minha tia.

Em Muaná. Ele não quer falar contigo no comércio. Vem cá. A gente entra por ali. Seu Diniz, esse é Dioclécio, meu primo. Ele já sabe do que se trata? Já. Está acertado? Seu Diniz, o homem é soldado. Os caras vão atrás de mim até o fim do mundo. Eu queria mais mil desses mil que o senhor oferece. Mais mil? Seu Diniz, é arriscado. A gente fecha em quinhentos? Tá bom. Tem arma? Melhor uma peixeira. Berro faz barulho. Tu te garantes? Pode deixar. Preto? Vem um homem negro, muito forte. Esse é o Preto. Ele vai te mostrar o filho da puta. E vai te pagar quando acabar o serviço. Vocês ficam aqui. Deixa chegar a noite. O filho da puta vive por aí cantando de galo. Nunca te vi, tá bom? Faz o serviço e some nessas brenhas. Rosinha, manda trazer umas cervejas e janta pro rapaz. Boa sorte. Vais me fazer feliz, viste?

Ficaram de testa, Pitico e Preto. O homem da casa estava lá desde criança. Se tornou um segurança do patrão. É um bom homem. Vive pro trabalho. Essa filha é a rainha dele. Tudo de bom. Viagem pro exterior, os caralhos. Mora em Belém porque estuda pro vestibular. E esse cabo Tarcísio, qual é a dele? Isso é um filho da puta. Cobra dinheiro dos comerciantes, dos puteiros, chama pra porrada. É forte? É um caboco forte. A menina estava de férias, e ele foi chegando. Agora me diz o que é que uma menina dessas, bem nascida, tem de se agradar por um macho escroto desses? Sei lá, as mulheres não dá para entender. E tu, também te engraçavas pela menina? Deus me livre, sempre respeitei. Nem diga isso. Tá bom. Só pra saber. Tu vais me mostrar ele. Mas não vamos deixar ele me ver. Ele tem carro, moto, qualquer coisa? Tem, mas o sacana vai a pé porque mora próximo. Tá.

Carro peliculado. Rodaram pelos bares. Ó, lá tá ele. Aquele grandão ali? É. Vai passando, dá a volta e paramos ali adiante. O militar não tinha pressa. Dono do seu tempo. Bebeu cervejas. Falava alto, para quem quisesse ouvir. Levantou já pesado. Entrou em uma boate. Saiu duas horas depois. A cidade dormia. Preto já havia levado Pitico para uma esquina antes da casa do cabo. Quando ele surgiu, andando pelo meio da rua, pesado de bebida, Pitico saiu. De cabeça baixa, humilde, falseando fraqueza. Chegaram perto. Boa noite, o senhor tem isqueiro para acender meu cigarro, se não incomodo? O cabo meteu a mão no bolso da calça. Pitico enterrou a peixeira no meio do peito da vítima, que se defendeu. Forte, tentou fugir, mas Pitico agarrava com a mão esquerda e as pernas. Rolaram no chão. A faca enterrada. Pitico rodando, segurando firme. O soldado lutava. Sentia uma dor bem funda. Os braços ficando fracos. Tentava socar. Precisava girar e ficar por cima. Engasgou com sangue. Olhava seu oponente sem acreditar. Nunca tinha visto. Agora puxava os cabelos de Pitico. As forças sumiram. Pitico rolou para o lado, exausto. Respirou, voltou a cortou a garganta do soldado. Filho da puta! Estava tonto por conta do esforço. Olhou eu volta. Silêncio. Voltou até o carro. Tá morto? Mortinho. Valeu. Vombora. Cadê a grana? Toma. Conta. Tá certo. Levou até um barco boiadeiro. Vai te deixar perto da tua casa. Vai. Quando se afastaram, tirou as roupas e lavou. Pediu para o deixarem antes, no Água Pura. Precisava relaxar. Queria foder mulher de verdade. A velha quebrava um galho. Tetê, uma promessa. Quando voltar, vou comer a cabrita. Mandou descer pinga. Comeu. Uma caboquinha veio. Dava pro gasto. Descontou seu tesão. A moleca chorou de dor e ele a esbofeteou quando gozou.

Já voltaste? Já. Tava chato por lá. E, depois, deu saudade da minha tia. Deixa de fuleragem, pequeno. Eu também tô com saudade. Tua roupa tá manchada? Isso parece sangue. O que é que tu andaste aprontando? Nada, minha tia. Vem cá que eu tô com tesão.

O dia seguinte foi de descanso. À noite, com Tetê. Sumiste! Uma sobrinha veio me chamar para um serviço. Que serviço? Precisava pintar a casa dela. E desde quando tu és pintor? Não sabias? Tem tanta coisa que tu ainda não sabes. Tetê, andei pensando. Vamos embora daqui? Nós? É. Nós. Vamos sumir nesse mundo. Como, tu estás doido? Meu pai, minha mãe. Deixa todos para trás. Só eu e tu. E do que vamos viver? De vento? Tenho dinheiro guardado. De repente, vamos pra Belém. Eu consigo emprego, tu estudas, de repente também trabalhas. Vamos? Tu és doido, pequeno. Sou doido é por essa bucetinha que tu não queres me dar. Só na hora. Olha, só de falar nela, como eu fico. Olha. Para, Didi, eu também me aguento, né? Acha que é fácil? Mas, Tetê, nós nos amamos, vamos ficar juntos. Tô te convidando pra fugir comigo. Ah, sei lá, Didi. Ai, não faz assim que eu não aguento. Pitico a encheu de beijos, tocou seus seios e aos poucos foi vencendo a resistência. Ela dizia não, mas já não tinha certeza de nada. Gemeu quando foi rompido o hímen. Enfim, conseguiu o que queria. Porra de moleca difícil. Tudo isso pra dar o xiri! Conteve-se. Foi carinhoso. Não deixou virem à tona suas vontade mais violentas. Tinha tempo. Tetê chorou, gemeu de prazer. E agora não sabia o que fazer. A oferta tá de pé. Vamos fugir? Tô confusa, meu amor. Eu não tô. Tenho certeza. Vamos? Olha, eu já vou. Amanhã a gente fala, tá? Promete que pensa no assunto? Prometo. Tetê se foi e ele ficou ali, relaxando na beira da praia. Acendeu uma birra e lembrou do soldado. Da força. Do sangue frio. Sentira certo prazer em matar. Porra, esse negócio de Preá mandando não era bom. Se a moleca não topar, eu me mando de qualquer maneira. Das Dores que se foda. Velha escrota, ainda dei surra de rola, não tem do que reclamar. Estava batendo um vento de maré alta gostoso. Então, um braço forte envolveu seu pescoço e começou a apertar. Na surpresa, chegou a gritar de susto. O braço apertando. Tentou rolar. De todas as maneiras. Socou para trás. Pegou a cabeça do oponente, puxou. Mas o ar estava faltando. Agora importante era respirar. De qualquer maneira. Tentava baixar o queixo, morder o braço que apertava. Via luzes. Luzes. Escurecia. Escureceu. Os olhos quase saltados da órbita. Ofegante, o pai de Tetê soltou o pescoço de Pitico. Braço forte de remo, de pesca. Recuperou a respiração. Olhou em volta. Tirou a roupa. Deu um mergulho. Ninguém de testemunha. Voltou para casa. Aproveitou o vento para secar o corpo.

Naquela manhã, Calango chegou à fazenda Murunin pela vila dos pescadores. Perguntou por Das Dores. Chegou ao barraco. Por que tanta gente ali? Ficou de banda, mas já havia sido notado. Quem és tu? Sou amigo do Pitico. Conhece? Não. O nome é Dioclécio, conhece? É a casa da tia dele. Ele tá lá dentro. Morto. Como? Tarde demais. Voltaram-se para ele. O estranho. Foi esse cara que matou meu sobrinho! Só pode ser! Aqui só tem amigo! Mas eu acabo de chegar. Isso tu dizes. Tentou se afastar. Fica aí, cara, se não quiser ser linchado. Não tenho nada com isso. Era meu amigo, vim encontrar com ele. Das Dores disse que ele não esperava nenhum amigo. O que aconteceu? Não te faz de leso! Vamos levar ele pra Casa Grande, pro doutor que já chamou a polícia. Não tenho nada com isso. Juro! Acabei de chegar. Como é que eu já vou matar Pitico? Calango pensou: Estou fodido.

9

ELES SE CONHECIAM, MAS se uniam apenas se o negócio interessasse.

A galera que mandava no Marajó. Vereadores, prefeitos, atravessadores, ratos-d'água, fazendeiros. A fina flor do crime reunida. Aqui e ali, com seus capangas, namoradas, alguns com a família, amesandados e se divertindo. Preá e Jogador circularam pelo sítio de Barrão. A aparelhagem Fuscão da Saudade tocava melody, mas Preá queria flashback, que ouviu a vida inteira no gosto de seu pai. Um cara veio e chamou. Todos os outros se encaminharam para a casa. Jogador ficou de fora. Só os chefes. Mesa grande. Travessas cheias de cocaína à disposição.

Meus amigos, sejam todos bem-vindos. Reuni vocês aqui porque temos algo perigoso acontecendo. Vamos falar sobre isso. Depois podem voltar a se divertir. Aqui estão seguros. Completamente seguros. Como vocês já sabem, Sapo, nosso amigo Chico Saraiva, foi preso. Deu mole, estava na rabeta, a lancha da polícia ia passando. Está em Belém. Roberto Valente está com medo de ele dar o serviço. Está escondido. Mandou me dizer que vem chumbo grosso por aí. Um dos homens perguntou quanto ia custar pra não dar em nada a investigação. Não sei. Estou aguardando. Roberto ficou de dizer, mas já tem uns dias e nada. Isso é perigoso. Hoje é dia de festa. Estamos seguros aqui, mas recomendo a todos dar um dizár por uns tempos. Uma sumida. E os negócios? Os clientes vão ficar reclamando. Porra, e a carga que vem de Manaus na balsa *Bom Jesus*? Vai ficar por isso? Vai. Vamos perder dinheiro. Mas não perdemos o negócio. O que se conversa aqui não sai daqui, certo? Temos uma pessoa nova na reunião, que é o Jonas de Lima, filho do nosso querido Tabaco. Ele agora está tocando os negócios. É da turma. Tudo certo com ele. Então, todos avisados. Mais importante é o negócio. Certo? Mesmo os aborrecidos concordaram. Então, vamos nos divertir. Por favor, chame aí o Philippe. Entra um negro alto e forte. Comment ça va, mon ami? O nosso amigo Philippe, como sempre, traz umas meninas para nos distrair, não é isso? Sim, amigos, fala com sotaque francês forte. Femmes! Femmes! Jeunes! E tem uma coisa, mon ami, tudo de xirri novo. Cabaços algumas. Estou levando para Cayenne e primeiro trago aqui para meu amigo Barrón e vocês! Philippe, pede para elas fazerem um desfile! Promenade? Oui! Ok, promenade! S'il vous plaît!

Jane e as meninas foram levadas a um quarto da casa, onde aguardaram o momento de ser chamadas. Comeram bem e foram servidas de bebidas. Incentivadas a beber. Duas mulheres da casa faziam companhia. Colocaram pílulas e diluíram na cachaça. À noite, todas estavam bem soltinhas, brincando umas com as outras. Apareceu aquele homem gordo e sebento. Enquanto todas tinham asco, Jane tinha esperança. Zé, pelo amor de Deus, Zé, me tira daqui! Jane, minha querida, você não aproveitou seu tempo comigo? Não foi bom? Luxo, conforto, você teve tudo. Mas é negócio, entende? Negócio. Olha, me parte o coração, mas é negócio, tá? Meninas, o show vai começar. Tirem as roupas. Já disse, tirem as roupas. Trouxe aqui uns colares, uns enfeites. É tudo o que vão usar. Fiquem prontas. Já venho chamar. Temos uns amigos para distrair. Não quero ninguém chorando, ninguém frescando. Vocês vão gostar e, ó, nada de foder sem camisinha. Sem negociação. Não quero ninguém buchuda. E quem se comportar mal vai pegar porrada. Muita porrada. Mas isso não vai acontecer, né? Jane novamente pede socorro. Jane, você vai ser a rainha da noite. E foder é algo que você adora, não é? Saiu. Ficou um silêncio. Gente chorando. Uma das mulheres disse que era melhor se animar. Esses caras aí são poderosos. Melhor obedecer. Fecha os olhos, pensa em outra coisa, sei lá. Mais uma rodada de cachaça da boa, de Abaeté, pra dar uma animada em todas! Bebida "batizada". O mundo roda para Jane. A porta abre. As meninas saem. Tu, espera, dizem para Jane.

As meninas entram em fila, nuas, enfeitadas por colares. Há uma vibração no recinto. Elas param e ficam expostas. Barrão toma a palavra. Meus queridos, elas são suas. Naquela direção, há três quartos com boas camas e muita camisinha. Fodam muito! São meninas novas, com o xiri apertado, cheirando a leite. Algumas ainda são cabaço! Sabem quanto custa um cabaço? Sabem? Não vou dizer quem é cabaço e quem não é. Descubram. Mas, antes de liberar geral, Philippe vai mostrar a atração da noite. Cheirando a leite. Trazida de Belém pelo Zé Elídio. Preparada pelo Zé para ser uma foda muito especial. Philippe, por favor, mande entrar. Quando Jane entrou naquela sala, um arrepio passou em sua coluna. Sentia como se estivesse em uma jaula de feras famintas, babando por seu corpo. A bebida despertou algo, lá no seu fundo que não sabia que existia. Houve um urro de satisfação. Alguns levantaram antes do tempo e foram contidos. Branquinha, certinha, com seios grandes e uma boceta raspadinha, era o grande troféu da noite. Barrão disse: O nome dela é Jane e, se vocês me permitem, o dono da festa será o primeiro a provar. Depois de mim, façam seus lances. Vamos foder! Está liberado!

Preá estava em choque. Mulher assim, só mesmo nas revistas e nos filmes pornôs. E agora estava na sua frente. Um rosto angelical, cabelos louros, corpo branquinho e aqueles seios! Não manifestou movimento, ao contrário dos outros que correram para pegar suas garotas. Eu quero essa mulher. Eu espero. Não somente ele, mas outros dois. Tabaquinho, já senti que tu queres essa mulher. Meu nome é Jonas. Vocês também querem? Queremos. Depois do Barrão, quem será o próximo? Vamos tirar a sorte como?

Eu sou vereador, homem da lei aqui, e essa eu vou fotografar pra colocar no meu computador. E claro que vencerei a disputa. Se conseguires ganhar de mim, diz o fazendeiro. Vamos na porrinha? Pode ser. Tiraram. Preá ganhou. Depois foi o fazendeiro. O vereador é fona.

Barrão a levou pro quarto. Jane não disse nada durante o trajeto. Ele andava agarrado a ela, por trás, as mãos amassando seus seios. Chegando lá, a atirou na cama. Tirou a roupa. Um homem horrível, suarento, pequeno. E lá vinha ele lambendo seus pés. Foi chegando no interior das pernas. Mergulhou em sua boceta. Atrapalhado, rápido, sem técnica. Lembrou de Zé e sua habilidade. Sentia asco, mas ao mesmo tempo estava molhada. Ele veio para cima. Botou camisinha. Ih, o pau não endureceu. Ele riu. Vem me chupar, vem. Ela obedeceu. O pau era pequeno. Muito. Evitou rir. Perigoso. Chupava, chupava e nada. Põe um dedo no meu cu. Quê? No meu cu, caralho. Bota o dedo. Ela botou. Com alguns movimentos, ele endureceu e a penetrou. Ofegava, resfolegava, gemia e ele quase nada sentia. Mordia e apertava seus seios. Doía, mas naquele instante ela também queria gozar e nada. Percebeu que ele estava nos finalmentes, gemeu como se estivesse uma delícia e ele veio junto. Sentiu o peso daquele homem recuperando a respiração até rolar para o lado. Jane é uma delícia, Jane. Uma delícia. Quer tomar alguma coisa? Tenho aqui um tubo do preto, Johnnie Walker, só pra chegados, safra especial! Bebeu para tirar o gosto ruim, mas nada de cansaço. A bola fazia efeito. Acendeu um beck, dividiu. Veio uma calma. Ele queria novamente. Agora estava com as costas para cima e ele ficou lá, dedicado ao seu ânus. Era descuidado, desajeitado. Não gostava, mas deixava. A noite havia de acabar logo. Barrão desistiu. Não endureceu. Paciência. Muita bebida e cocaína. Quando saiu do quarto, percebeu a zona que acontecia. Dos quartos vinham gritos. Saiu um homem nu correndo atrás de uma garota nua, desesperada. E todos gargalhavam. Quando chegou à sala, já estava Preá de pé, à espera de Jane. Tabaquinho é o da vez? Garoto, aproveita muito porque essa garota é maravilhosa! O que disputaram? Porrinha? Safados! Leva, leva e fode essa garota logo, Tabaquinho! Barrão, me chama de Jonas, tá? Vai, Jonas, meu filho, vai na boa, porra. Entraram em um dos quartos. Uma confusão de corpos e muito sexo. Não, ali, não. Barrão, me empresta teu quarto? Vai, Jonas, vai. A garota vale isso. Jane ia na frente. Preá olhava aquela mulher linda, de costas, caminhando. Já estava pronto antes de chegar. Ela se deitou e abriu as pernas. Não, eu não quero assim. Quero fazer amor. Jane riu. Amor? Ah! Estava bêbada e drogada, e o garoto vem falar de amor? Ele a abraçou com paixão. Sentiu o perfume de seu cabelo. Chupou seus seios com dedicação. E a penetrou furiosamente. Jane, no torpor, percebeu o encaixe, o corpo forte e a paixão. E o gozo veio farto para os dois. Ficaram abraçados. Como é teu nome? Janalice, mas me chamam de Jane. Tu és muito linda. O que estás fazendo aqui? Fui raptada e vendida. As outras meninas nem chegam aos teus pés. Qual é a diferença? Estou aqui para ser fodida por quem quiser. Por que não foges? Como? Já pensei, mas não vi oportunidade. E se eu te comprar? Tu? Tenho dinheiro. Sei lá. Tu farias isso? Pode ser. Só porque me comeste uma vez queres me comprar? É. Gostei de ti. Tu não tens mulher? Todos esses homens têm mulher em casa. Aqui é só putaria. Tô chegando agora nessa turma. Vou te comprar. Tu queres que eu te compre? Quero voltar pra casa. Pra minha família. Me salva. Também não é assim. Se te compro, te levo pra mim. Não queres? Me salva. Então, vamos fazer de novo. O sexo, desta vez, teve mais carinho. Janalice considerou, enquanto fazia, ser comprada pelo garoto. Qualquer coisa seria melhor do que aquilo que estava vivendo. E até poderia fugir. Bateram na porta. Vombora, moleque! Tá bom de foder! Essa garota vai te deixar com a pica esfolada! Se vestiu. Vamos. Vou falar com Barrão. Não tens o que vestir? Não. Vamos. Saíram. Barrão, quero ficar com a garota. Qual é o problema? Tabaq... Jonas, deixa de ser egoísta. Divide o presente com os amigos. Como já que tu queres ficar com ela? Já demoraste muito. Já fodeste muito. Dá licença. Aí, Dico, é tua vez. Vai, meu filho. Vai foder essa moleca que todo mundo gosta. Jane tentou se esconder atrás de Preá. Foi puxada e levada. Barrão, quanto custa? Quanto é pra comprar essa mulher? Jonas, meu filho, tu és muito novo. Ainda vais topar com muita mulher linda que tu vais foder e ficar com vontade de levar pra casa. Bebeste, cheiraste, sei lá. Dá um tempo. Essas meninas aí são putas, viciadas em drogas, a boceta provada por mil homens. Tu vais querer isso? Barrão, quanto custa? Paciência. Cada um com seu gosto. Vou te levar pra falar com o dono dela, Philippe, aquele negão. Fala com ele. Não me meto. A mulher é dele. O que ele decidir está feito.

Barrão saiu da casa e chamou Jogador. Fala, meu preto, tudo bem? E aí, lá dentro, Preá? Preá, não, ele quer ser chamado de Jonas. Ah, pra mim vai ser sempre Preá. Conheço desde moleque. Tu eras o braço direito do Tabaco, né? Sempre. Ele era um chefe muito bom. E tu, vais querer passar a vida sendo braço direito, xirimbabo de alguém? Como assim? Sei lá, o tempo ao lado do Tabaco, aprendendo tudo, tendo liderança, agora vem um garoto dar uma de bonzão e os caralhos? Sei não. Onde o senhor quer chegar, seu Barrão? Quero chegar onde tu não precisas mais me chamar de senhor. Como assim? Queres ser o meu sócio lá perto de Curralinho? Seu Barrão, o senhor está falando sério? Claro, porra. Tu é burro? Entende, porra. Tô te oferecendo. Esse garoto é muito verde, não sabe de nada. Prefiro lidar com quem eu conheço. Mas como assim? Se Jonas, o Tabaquinho, sumir, tu assumes, tá bom? Hum, entendi. Queres? Me diz agora ou nunca mais falamos. Jogador pensou rápido. Se disser não, a cabeça dele vai rolar. A proposta tinha sido feita e ele teria de contar pro Preá. Ser chefe era um sonho. E, sim, verdade, sabia tudo, conhecia o negócio e os caras gostavam dele. Respeitavam. O que eu tenho de fazer? Quando for mais tarde, leva ele pra cidade. Pro porto, um navio que ofereço para ele ir confortável. Ele nunca mais vai voltar, e tu serás o chefe. Entendido? Combinado? Sim.

Philippe Soutin estava em uma poltrona enquanto um rapaz o acariciava. Oui? Philippe, meu nome é Jonas. Oui, te vi na sala.

Alguma coisa errada? Não. Nada. Tudo certo. Precisamos conversar. D'accord, pode dizer, sem segredos. A garota branquinha. Jane? Que é que tem? Eu queria comprar. Mon Dieu, comprar? Como assim? É isso, eu queria comprar pra mim. Non ser possible. Ela é minha, não quero vender. Philippe, tu disseste, é uma mercadoria. Me vende. Non, clarro que non, eu vou fazer muito grana com ela. Euros, sabe? Muitos euros. Diz teu preço, Philippe. Eu posso pagar. Mon ami, às vezes os negócios não são feitos. Jane é minha. Não quero vender. Entendeu? Não tem dinheiro que pague. Tem tanta garota aí, olha aqui, escolhe outra, porra. Não quero. Quero Jane. Jane, non. Não tem jeito? Non. Está bem. Voltou revoltado para a sala onde todos se divertiam. Gargalhadas, corridas em volta da mesa, brindes. Sentou em um canto e bebeu uísque. Cheirou cocaína. Ficou pesado. Emburrado. Mais quatro homens estiveram com Jane. A revolta crescia em seu peito. Nunca havia se interessado por ninguém. Lembrava de Jane andando à sua frente, nua. Os carinhos. O sexo. Me salva, ela disse. Levantou em um rompante e saiu com passos incertos. Lá fora, encontrou Jogador em uma mesa de dominó. Um olhar e ele saiu para o acompanhar. Tudo certo? Tudo. E lá dentro, a farra foi boa? Ótima. Tu não estás com a cara boa. Tô maquinando. A essa hora? Tu tá é encharcado de mé, Preá. Não se animou. Fala o que é? Mulher. Mulher? Como assim? Uma mulher lá dentro. Que foi? Uma deusa. Muito linda, novinha, branquinha, uns peitões e fode como ninguém. Bacana e daí? Daí que eu quero ela pra mim. A gente fala com Barrão, leva ela pra casa e come ela até ficar foló e manda embora. Vê como fala, porra. Tô gostando dela. Gostando? Preá, tu estás bêbado, cheirado, cansado. Agora vem me dizer que quer uma puta. Porra. Desculpa, mas é o que elas todas são, né? Eu já vim aqui em outras festas. Teu pai fodia pra caralho e saía feliz. Tu estás infeliz. Então, compra, vamos lá com Barrão. Já fui, porra. Ele me empurrou pro preto veado filho da puta, que é dono dela. A porra de um francês, mas acho que é de Caiena mesmo. Não quis vender. Ofereceste grana? Ele nem deixou.

Puta que pariu. Essa garota não me sai da cabeça. Vamos fazer o seguinte, a farra foi boa, a gente vai embora e, com a cabeça fria, pensa melhor. Barrão me disse que tem um barco esperando lá no porto pra nos levar. Como assim? Ele fazia isso pro teu pai. Uma cortesia. Mas, porra, será que se eu oferecer uma grana alta... Preá, primeiro esfria a cabeça, depois tu pensas mesmo se queres a mulher e a gente vê. Vamos pra casa, vamos. Tá bom.

10

BREVES, A MAIOR CIDADE do Marajó, festejava seu aniversário. Havia festa nas ruas. Os clubes estavam cheios. Os bares. Sonoros aqui e ali tocavam os sucessos que todos queriam ouvir. Quem gostava de flashback ia atrás do Fuscão da Saudade. A garotada do "treme" dançava ao som do Bacana, sonoro contratado de Belém. Portuga e Zé do Boi se chegaram, compraram um balde de cerveja e ficaram assistindo. Depois, sentaram em uma birosca e ficaram bebendo e comendo churrasquinho de gato. Putinhas de não mais de treze anos se ofereciam vestindo shortinhos enfiados na bunda e bustiês envolvendo peitinhos em flor. Nem Portuga nem Zé do Boi se animavam. Era como se um vigiasse o outro em uma disputa por mostrar quem mais era fiel à memória de Ana Maura. Vocês não foram convidados pra festa do prefeito? Não. Aqui é o Barrão, né? É. Deve estar animado. Vamos lá? Sem convite? Não vale a pena. Mas eu vou, diz alguém na mesa ao lado. Vereador Mauricinho, prazer. Estão de visita? Viemos ver a festa. Ah, mas festa mesmo só no sítio do Barrão. Vamos? Eu fui convidado e agora convido vocês.

Realmente era uma festa. Venham cá que eu os apresento ao dono da festa. Fala, Barrão. Mauricinho, seu porra, por que tu demoraste? Demorei, mas cheguei, querido! E trouxe duas visitas que chegaram hoje pra ver a festa; eu disse que festa mesmo só vindo aqui. Fiquem à vontade. Hoje é dia, ou noite, de festejar.

Vamos nos divertir, amigos. Prazer em tê-los aqui. Há comida e bebida à vontade. E algumas bocetinhas novas à escolha. Aproveitem! Saiu abraçado com Mauricinho em direção à casa. Sentaram e olharam a fauna que desfilava à frente. Beberam. Comeram. Lá pelas tantas, Zé do Boi se enturmou e abriu uma mesa de dominó. Portuga ficou olhando. Deu no saco. Vamos. Tá. Pegaram dois moto táxis até a cidade. Andaram à esmo até chegar ao porto. Vamos esperar amanhecer. Chega. Não quero mais. Nem eu. Calaram-se. Sentaram-se no chão. Chega uma van. Abre as portas. Saem mulheres. Estão desgrenhadas, amassadas. Algumas choram mansinho. Não dão atenção. Jane aparece. Ao lado, um homem alto, forte, negro se dirige a um barco. Há outros homens fazendo a segurança. Jane se afasta e se encosta em uma parede. Mesmo desgrenhada, amassada, trôpega e com a boca inchada de quem recebeu um soco, naquela manhã ela é uma deusa que de repente o céu liberou. Portuga, sem pensar, levanta e vai até lá. Oi. Silêncio. Bom dia. Silêncio. Qual é o seu nome? Nada. Posso te ajudar? Me salva, é tudo o que ela balbucia. Salvar? Do quê? Me salva. E quando o fita, seu olhar elimina todas as barreiras de Manoel Tourinho, todo o sofrimento pela morte de Ana Maura. Eu te salvo. Como é seu nome? Janalice, mas me chamam Jane. Vem um segurança. Aí, campeão, colabora conosco. O gringo não quer ninguém conversando com as mulheres. Tá bom. Olha aqui. Oferece cem reais. Só mais dois minutos. Tá. Como eu posso te salvar? Me raptaram, me venderam e agora sou uma prostituta. Isso na tua boca? Foi um soco que um miserável me deu. Filho da puta. Deus me abandonou. Só pode ser. Não acredito em mais nada. Sou uma fodida, sozinha no mundo. Me salva. Como? Sei lá, me compra, me leva contigo. Pra onde vocês vão agora? Pra Caiena. Caiena? É. Pra ser prostituta. Aí, campeão, tá bom pra ti. O chefe vem aí. Falou. Jane, a gente ainda vai se ver. Ela apenas olha. Está sem esperanças.

Que é que tem essa mulher?, pergunta Zé do Boi. Ela é linda! Não é mais bonita que Ana Maura. Não, certo. É uma escrava. Foi raptada, vendida e agora aquele negão é o dono. Vão pra Caiena. Elas estão tristes. Cabeça baixa. Também! Ela me disse: Me salva. Porra, uma vida filha da puta. Fiquei com pena. Se eu pudesse fazer alguma coisa. Chegou um carro. Desceram dois homens. Um bem jovem e outro mais velho. As meninas foram em direção ao barco.

Olha as mulheres lá da casa, Jogador. Preá, me diz qual é a tua e eu te digo se vale a pena. A minha é a mais bonita. Aquela branquinha. Bonita, mesmo. Cadê o barco que o Barrão prometeu? Não sei. Me disse que estaria esperando a gente. Vai ver está chegando. Então eu vou lá. Vai nada, Preá! Vamos pra casa. Tarde demais. Preá chegou junto. Dá licença. Jane, tu vais comigo. Ela o olhou assustada e ficou curiosa. Não disse nada, com medo. Vem pra cá. Tu vais comigo. Ficou nervosa. Vem, porra, tô dizendo. Mon ami! Estamos juntos novamente! *Nou já regle problem a, to tandé?*[1] Quanto é, negão, pela Jane? Me diz teu preço que eu pago. Tenho dinheiro. O Barrão não te falou? Quanto é? As moças entraram no barco. Fica! Ela fica! Mon ami, desista. Vamos ficar amigos. Ela não está à venda, já te disse!

Puxa Jane na marra. Os guarda-costas reagem. Começa a porrada. Quatro contra um! Portuga e Zé do Boi vão até lá e entram na briga. Rolam pelo chão. Tiros disparados. Portuga vê Zé do Boi com a cabeça aberta, olhos fixos.

Chegam dois carros com seis homens que descem armados. Preá percebe tudo. O negão e Jane já entraram no barco. Jogador! Onde estava Jogador? Os guarda-costas correm e se abrigam no barco, que desatraca. Os homens descem atirando. Baleado na coxa, ele vai ao chão. Dispara e acerta um deles. Portuga foi baleado. O tiro levou uma orelha. Zonzo. Atira-se no rio. Outro tiro na lateral da barriga joga Preá ao chão definitivamente. Não, ele não quer morrer naquela cilada. Jogador filho da puta, eu vou voltar pra te pegar! E se joga nas águas barrentas. Os homens

[1] Já tínhamos chegado a um acordo, não foi?

disparam, mas não o acertam. Aproveitam a maré para se distanciar. Nadam para salvar suas vidas, para não morrer. Descobrem-se próximos. De longe, percebem uma ação. Era a polícia. Parecia a Federal. Federal aqui em Breves? Os assassinos estavam presos. Jogador também. Pensava em voltar. Se vingar. E Jane? Portuga pensava em Zé do Boi. Em Jane. Soltaram os corpos na correnteza. A água fria da manhã cedo amorteceu as dores. Mas o sangue continuava escorrendo. Será que a polícia vinha atrás?

11

SAPO PENSAVA NO QUE havia dado errado. A tocaia do bando do Preá que roubou sua carga. Depois, muita coincidência a lancha da Fluvial estar por perto. Filho da puta de Preá. Moleque cheio de fuleragem. Era melhor o Tabaco. Eram amigos. Sócios. Cada um pegava o seu. Porra, isso era parada dada. Se eu caio, cai todo mundo junto. Não quero nem saber. Preá não estava nessa sozinho. Isso era coisa do Barrão, sacana, sempre reclamando, sempre com algo a dizer. Mas como saber? Agora estava ali, preso, sem saber de nada.

A porta abre, entram os caras. Teu nome é Walter Silva? Sim. Mas todo mundo me chama de Sapo. Vou te dizer: Tu estás fodido. Vais ser condenado por roubo, receptação, agressão, tentativa de homicídio, os caralhos. E tem também outra turma aí esperando pra falar contigo. Federal. Fedeu, meu irmão. Fodeu. Melhor tu dares o serviço. Assim como deram o teu serviço. Fizeram casinha pra ti.

Não sei de nada, cara. Vocês me prenderam, aquela rabeta era emprestada, eu ia visitar minha sobrinha. Sou inocente. Não fode, cara. Tu queres me fazer de leso? Vem com esse papo torto pra cima de mim. Eu ainda nem me aborreci. Vou espocar tua cara, e aí? E aí que eu não digo mais nada. Quero meu advogado. Quero ligar pra chamar meu advogado. Tu não vai ligar nem pra tua mãe, filho da puta, antes de vomitar o que tu sabes. Ou então vais passar o resto da vida na cadeia. Escolhe agora. E, olha, quando entrar o pessoal da Federal vai ser pior. Olha, tu queres pensar melhor, eu já sei. Sapo leva um tapa no rosto, bem violento. A face esquenta. Pretende suportar. Luta contra o gênio. Imagina, um bosta daqueles dando um tapa na sua cara! Eu não sei de nada. Aquela rabeta é emprestada. Preciso devolver pro dono. Puta que pariu, tu não queres conversar, vai ser pior. Me ouve enquanto estou calmo. Sabe de uma coisa? Tu vais passar direto pros federais. Espera aí. Não faz isso não, delega. Ah, não faz isso, não? Não faz. Eu falo. Aqueles filhos da puta me dedaram. Liga o gravador. Primeiro fala do assalto. De onde vinha a carga. Quem deu a liga? E depois, quem ia ficar pra revender? Quando os federais entraram, Sapo já estava com a língua solta para delatar Barrão, vereadores, traficantes e principalmente Preá, aquele filho da puta. Tão tudo festejando lá em Breves. Vão agora é se foder. Agora vocês já sabem. Vão aliviar minha barra? Espera. Primeiro, vamos confirmar. Depois, falamos contigo. Fica na tua. Cala a boca. Nada de chamar advogado, porra nenhuma.

Delegado Ed Paulo, a gente resolve isso agora ou nunca. Os caras vão se mexer, jogar advogado, *habeas corpus*, o caralho. É agora ou nunca. Eu arranjo o mandado. Vou reunir os homens. Tudo federa.

Roberto Valente sentiu o perigo chegar. Soube nas internas da prisão de Sapo. Escarafunchou, abicorou, tentou falar com ele. Não. Todas as portas fechadas. Ligou pr'aquele número. Gabinete do governador, bom dia. É o Beto? Que Beto? Por favor, quero falar com Alberto Alcântara. Quem é? Diga que é o Valente. Da onde? Ele sabe. Basta dizer Valente. Fala, cara. Só pode ligar pra cá em última instância, porra. Prenderam o Sapo. Que Sapo? Porra, o cara lá de Abaetetuba, já esqueceste? Onde? Acho que é Seccional de São Brás. Te mexe. Eu tentei, mas não me deixaram entrar na parada. Deixa comigo. O Gov tá viajando, mas eu ligo pra ele. Valeu. E tu? Vou vazar. Pra onde? Me diz só pra saber. Castanhal. Vou me entocar por lá até a onda passar. Onde tu estás agora? Em casa. Vou mandar um carro pra te levar. Vai em um carro que ninguém sabe a placa. Espera aí. Tá. O dia estava nascendo em Breves. No sítio do Barrão, estavam todos bêbados e drogados. As meninas de Belém já tinham ido. Na casa, ficou aquela mesa larga onde agora alguns dormitavam, outros contavam façanhas e continuavam bebendo. Demoraram a perceber a chegada da equipe das polícias Civil e Federal. Perdeu! Perdeu! Mão na cabeça! Polícia! Federal! Peixes pequenos corriam pelos quintais. Os capangas, tortos de sono e bebida, renderam-se ao primeiro disparo para o ar. Barrão estava apoplético. Saiam da minha casa! Eu sou prefeito de Breves, caralho! Com que direito? Vou mandar demitir, prender vocês, porra! Senhor prefeito, se acalme. Está aqui o mandado. Os senhores estão presos por tráfico de drogas, tráfico de mulheres, roubo de cargas. Por mim, ninguém vai mais sair da cadeia. Delegado, por favor, anota o nome de cada um. Quem deu a dica? Foi o Sapo, aquele filho da puta? Não interessa, porra. Todos estão presos. Estamos com um barco aí e logo mais embarcamos para Belém. Recolhe essa cocaína toda aí, Barbosa. Tá faltando algum? O tal de Preá, cadê? Cadê, prefeito? Já foi para o porto pegar um barco. Já se mandou. Ed Paulo, pega tua turma e vai lá prender esse cara. Deixa que aqui está safo.

A polícia chegou ao porto e encontrou uma briga. Um barco desatracou. Houve troca de tiros. Três homens foram mortos. Dois feridos gravemente. Outros dois mergulharam e não foram encontrados. Deixa pra lá. Vão acabar afogados. Aqui a correnteza é forte.

Preá e Portuga. Próximos. Ficam de bubuia. Deixam a maré levar. Portuga nota que Preá está quase afogando. Chega próximo e o ampara. Bom nadador, consegue alcançar a margem em outro ponto. Preá está quase desmaiado. Portuga sangra muito da orelha, mas é o de menos. Zé do Boi está morto e agora está sozinho, ao lado de um desconhecido. Ele precisa de cuidados. Impossível procurar o posto médico. Há uma canoa próxima. Examina. Está em mau estado. Serve. Carrega Preá. Assume o remo. De quando em quando, usa uma cuia para jogar água fora. Chegam à Vila Paixão.

É o alemão! O alemão voltou! Me ajuda com esse aqui. Ih, isso é sujeira, me avisa logo. Segura ele, por favor. E o senhor falando assim igual nós, não estou gostando. Uma cama, por favor. Hum, mas olha a orelha dele que não restou nada! Fomos atacados. Escapamos por pouco. Mas esse aí um eu não conheço. E aquele outro que veio contigo? Depois conto pra senhora. Dá pra cuidar dele? Hum, tem tiro na coxa, aqui na barriga... tá feia a coisa. Belízia! Mana, vai ali no quintal, cata umas ervas pra tirar a infecção disso aqui. Comadre Vavá, a senhora não me vá se meter em confusão. Já me meti, pequena, mas a gente não pode negar socorro, né? Pequena, pega um pano aí pra amarrar a cabeça desse outro aqui que nem tem mais orelha! De cabeça amarrada, Portuga foi até o tosco trapiche, sentou e chorou. Passava um filme com Ana Maura, Tabaco, Zé do Boi, me salva. Como? Me salva, ouviu novamente aquela menina linda dizendo. Me salva. Que pena. Era tão linda. E os tiros, Zé do Boi de olhos abertos, morto, e a água, gelada, a dor. Era o fim. O que restara? Voltar para Curralinho, de mãos vazias e a morte de Zé do Boi? Por isso, chorava.

Roberto Valente esperou o carro que Beto ia mandar. Apareceu um preto peliculado. Um sujeito abaixou o vidro e chamou. Doutor Roberto, aqui. Eu vim lhe buscar. Entrou desconfiado. Tudo bem? Não te conheço. Trabalho lá para o Gabinete. Sem uniforme? Claro. O carro também é despintado. Melhor assim. Destino Castanhal? Isso. Então, vamos. Havia pouco trânsito. Roberto foi relaxando a tensão dos últimos acontecimentos. Que merda! O negócio funcionava tão bem! Tomara que o Sapo segure a onda dele. O carro deu sinal e entrou na estrada de Benfica. Aonde vamos? Ali na casa da tia do Gov, no condomínio dos riquinhos, entregar um pacote. Roberto olha para trás e vê no banco um pacote. É jogo rápido. Depois, seguimos. Entrou em uma vicinal. Agora, em um ramal. Só mata fechada. Quando o carro parou, ele abriu a porta e saiu correndo. Escorregou, caiu, levantou. Sentiu algo rasgar seu glúteo. Caiu. Tentou levantar. A perna estava dura. Precisava levantar. Desesperadamente. Ouviu os passos. O ruído de um tiro. Escuridão.

12

AMADEU CHEGOU A BREVES no barco das dez da manhã. No porto, uma confusão. Três corpos. Policiais federais de colete. Perguntou aqui e ali. A PF deu uma batida. Trocaram tiros. Esses dois trabalhavam pro Barrão. O prefeito? Sim. Aquele um ali, não conheço. E Barrão? Estão todos presos. Todos, quem? Uma galera aí que estava no sítio do prefeito. A cidade toda está assustada. Perguntou a um PF. Acabei de chegar. Quem são esses aí? Tudo traficante. Desculpa aí, mas é só o que posso dizer. Pensou que estava tudo bem animado naquela cidade. Foi andando e perguntando onde ficava a delegacia. Uma multidão cercava o prédio. Ambiente ruim. Todos reclamando a prisão de Barrão. Os guardas locais estavam lá dentro. Fora, policiais civis e federais. Enxergou Barbosa, um conhecido. Chegou junto. Que cagada, hein? Porra. O que mais eu me abro é que esses filhos da puta ainda defendem um puta bandido, porra. Quem, o prefeito? É. Foi parada dada? Chegamos de surpresa. Porra, a quadrilha toda reunida. Tudo melado de uísque, droga, os caralhos. E o tal do Barrão ainda se rebarbou, fez alteração, queria virar cavalo do cão. Vai preso. O barco já vai sair. E os que morreram lá no porto? Não sei. Um dos nossos ficou ferido na coxa. Nada grave. E a PF? Vieram por causa da droga. Quem está no comando? Veio o Ed Paulo por nós e um tal de Roberto Camões pelos federas. E tu, o que estás fazendo aqui nesse fim de mundo? Porra, estou procurando uma garota. Tu atrás de garota? Égua, tu não tens mais idade pra isso... Não é isso. A pequena foi raptada, acho que virou escrava sexual. Me deram uma pista pra procurar aqui. Quem sabe? Alguns escaparam. Dois levaram bala e pularam n'água, mas antes saiu um barco com umas putas que vieram animar o frege. Ouvi dizer que foram pra Caiena. Deram um alerta geral pro Exército. De repente eles se fodem também. Pra Caiena? Chegaste a ver as putas? Não. Porra. Será que o Ed Paulo me deixa falar com os detidos? Eles podem reconhecer. Tenho aqui uma foto. Égua, uma gatinha essa menina. Porra, isso é foda, pegam uma gatinha dessas e fodem a vida dela. Se fosse minha filha, eu matava o filho da puta. Espera aí que vou perguntar. Amadeu esperou. Fala lá com o delega.

O Barbosa disse que tu foste da polícia. Fui. Tô aposentado. Meu amigo pediu para achar a filha dele, que foi raptada. Eu tava parado, mas fiquei com pena e também porque, o senhor sabe, a gente não desliga nunca. Tens foto, mostra aí. Hum, bem bonita. Será que virou prostituta? Já pensaste? Que merda. Espera aí. Camões, por favor, pode vir aqui? Explicou. Amadeu falou. Dois minutos. Mostra lá pra esses filhos da puta. Duvido que eles digam alguma coisa. É só gente escrota e malvada que tem aí. Foram até a cela. No caminho, policiais locais. E eles? Melhor deixar trancados aqui. A gente nunca sabe. E o delegado daqui? Camarinha? Está se fazendo de leso, se cagando todo. Mas já temos o que queríamos. Fala aí. Bom dia, amigos, meu nome é Amadeu. Ninguém olha. Ed grita. Caralho, o homem tá falando, porra! É bom ouvir ou eu vou já dar uma chinelada na bunda de um corno aí! Eles olham. Me disseram que havia mulheres, putas, na festa. Essa menina aqui estava? Nada. Ninguém disse nada. Por favor, gente, é um pai, uma mãe, uma família inteira desesperada. É uma menina novinha, estudante, não merece virar puta. Pelo amor de Deus, tenham dó! Nada. Está bem. Obrigado. Amadeu, é tudo filho da puta covarde! Quando Amadeu sai, Barrão olha fixo para um dos policiais locais. Obrigado pela contribuição e parabéns a todos pelo sucesso da missão. Valeu. Estão embarcando agora? É.

Quer uma carona? Não. Vou circular por aí e perguntar mais. Quem sabe? Não posso perder a esperança porque, depois daqui, não sei mais aonde ir. Boa viagem.

Amadeu saiu por uma porta lateral. Lá fora, continuavam os apupos. Havia até carro de som defendendo Barrão. Ele sentou em uma mercearia próxima e ficou assistindo à confusão. Um homem veio servir a cerveja. Será que Barrão vai se foder dessa vez?, perguntou, querendo assuntar. Vai nada, homem. O cara é buiado e, depois, amigo do governador. Vai pegar porra nenhuma, tu vais ver. Quer um espeto de carne? Está saindo agora. Amadeu sentiu o aroma de churrasco. Quero. E uma porção de farinha. Em alguns minutos, os policiais saíram levando os presos, alguns de cabeça baixa, Barrão acenando para a multidão. Fez sua refeição e, ao final, percebeu a turba se desfazendo e pensou que o barco dos policiais já havia ido embora. Pediu a conta. Escuta, onde é que fica o sítio do Barrão? Do prefeito? É. Segue aqui a vida toda e entra na Ângelo Custódio. Uma rua? Não, uma taboca. É fácil de encontrar. Aí vai direto que chega. Como vou saber? É a casa mais bonita, grades, bem bonito. Tá. Amadeu pensou em chamar um moto táxi, mas achou melhor andar e fazer a digestão. Ih, sabe que é uma boa notícia pro Urubu? Ligou. O sinal não era bom. Tentou três vezes. Alguém atendeu. Orlando? Não. Quem deseja? Aqui é o Amadeu. Ele me conhece. Chama rápido que é importante. Um furo pra ele. Pode dizer pra mim. Não, chama ele. Seu Orlando está ocupado. Porra, não fode, cara. Ao menos diz pra ele que é o Amadeu e que tenho uma notícia sobre o rapto de mulheres. Aguarda aí. Fala, Amadeu! Onde é que tu estás? Tô em Breves. Segura essa: Operação da Federal e da Civil. O prefeito de Breves, mais vereadores, traficantes e bandidos presos em uma festa no sítio do prefeito. Que prefeito? Chamam ele de Barrão. Barrão? Com B de bola. Porra, acho que já ouvi falar nesse cara. Mas espera aí, o prefeito, vereadores, traficantes, como é que é isso? Ontem foi o aniversário da cidade. O cara deu uma festa no sítio e tava todo mundo. A polícia chegou e pegou todos juntos. Já embarcaram pra Belém. Três mortos, um federa ferido. A cidade toda reclamando. Fizeram tumulto, cercaram a delegacia, mas não teve jeito. Puta que pariu, obrigado, Amadeu! E aquela garota que tu estás procurando? Escapou um barco antes da polícia chegar. Parece que estava cheio de mulheres indo pra Caiena e que vieram antes pra festa. Mas ainda não sei de nada. Mostrei as fotos pros sacanas presos, e ninguém me deu pista. Enfim, continuo procurando. Boa sorte, amigo. Obrigado pela dica. Vou botar a boca no trombone! Tchau. Amadeu estava sorrindo. Esse Urubu é foda, pensou. Viu a birosca Ângelo Custódio. Boa tarde, é aí adiante que fica o sítio do seu Barrão? É, sim, senhor. Mais uns dez minutos andando. Valeu. Amadeu discou para sua casa. Deu saudade da mulher, dos filhos. Tentou quatro vezes. Na última, somente chamou. Não atendeu. Ah, porra. Uma moto passou ao seu lado. Será que Amadeu chegou a ouvir o disparo da arma que lhe perfurou o crânio? O assassino estacionou, voltou e deu mais três tiros. Desnecessários. Amadeu estava morto.

Bomba, bomba! Uma operação secreta das polícias Civil e Federal acaba de prender em Breves um grupo de pessoas acusadas de tráfico de drogas, roubo de cargas e assassinato. Entre elas, o prefeito Cosme de Barros, Barrão, alguns vereadores e traficantes. A operação foi comandada pelo inspetor federal Roberto Camões e pelo delegado Ed Paulo. Eles chegaram à cidade na manhã desta segunda-feira e prenderam essas pessoas no sítio do prefeito, depois de uma noite de festas, por conta do aniversário de Breves, no domingo. Durante a operação, alguns se evadiram, mas houve troca de tiros e três meliantes foram mortos. Do lado dos policiais, um homem ferido. Repetindo, operação conjunta das polícias Civil e Federal prende em Breves até mesmo o prefeito Cosme de Barros, Barrão. E eu já vou correr para o porto esperar o barco que está chegando a qualquer momento. É mais um furo de reportagem de Orlando Urubu!

Alberto Alcântara estava ao telefone com o secretário de Segurança. Puta que pariu, Oswaldo! Que merda vocês foram fazer!

O Gov tá puto da vida e eu é que escuto. Quem mandou esses teus porras a Breves prender o Barrão? Tá uma cagada na cidade! Prendeu até vereador, sem mandado, porra nenhuma. A cidade está revoltada. E eu é que escuto! Esse pessoal pensa o quê? Tem que ter lei, porra. Manda soltar, porra. Manda soltar e eu nem quero saber como. Dá teu jeito! Tá bom. Deixa comigo. Me dá notícias boas disso, tá? Tá. Oswaldo Dias tentou ligar para Ed Paulo. Nada. Estavam no meio da baía. Ligou para Alberto. Nada ainda. Não faz conexão. Fora de área. Estão no meio da baía e, olha, vê se liga pro superintendente aí porque tem federal no meio e eles são metidos à merda. Deixa comigo. Eu vou é por Brasília.

Orlando bem que tentou, mas não conseguiu chegar perto da área de desembarque dos presos. Todos embarcaram em algumas vans e foram alguns para a Seccional de São Brás, outros para a Superintendência da Polícia Federal, onde rapidamente foram soltos, embarcando em carros luxuosos sem dar entrevistas. Camões e Ed Paulo foram suspensos de suas funções e proibidos de falar ao público. Enquanto isso, o corpo de Sapo era removido da cela onde se encontrava. Foi estrangulado com um arame. Jesuíno, o Podrera, que estava preso com ele, confessou ser o autor. Um desentendimento.

Orlando não sabia o que dizer. Teria sido uma "barriga" a denúncia? Ah, mas que havia algo estranho nisso, havia. Tentou ligar para Amadeu. Fora de área. Ou tocava e não atendia. Dois dias depois, os jornais mostravam fotos do retorno triunfal de Barrão a Breves, carregado pela multidão. Havia sido enredado em uma trama da qual nada tinha a ver e voltava com o aval do governador, seu grande aliado.

13

COMADRE VAVÁ EMPRESTOU ALGUM. Preá chegou em casa. De longe, viu os soldados. E agora? Acabou meu negócio. Fugir. Pra qualquer lugar. Lembrou da Guiana Francesa. Ouro. Euro. Pra lá que Lula foi e, quando deu notícia, tinha bamburrado. Nunca voltou. Deve estar numa boa. Garimpo Dom Eliseu. Nunca esquecera. E dinheiro? Vou pedir pra Nhá Rai, avó. Tinha guarda esperando por ele. E agora? Se escondeu na casinha. Suportou o cheiro. Nhá Rai ia ao banheiro antes do jantar. Aguardou. Nhá Rai veio. Quase gritava. Mão na boca. Vó! Preá, os homens estão atrás de ti. Vaza, moleque! Preciso de dinheiro, vó. Vou me embrenhar no mundo. Ninguém vai me pegar. Arruma dinheiro, vó. Nhá Rai foi buscar. Preá não conheceu a mãe. Diziam que Tabaco a matara por ciúmes. Nhá Rai o criou. A velha passou pelo guarda e disse que esquecera o sabonete. Toma. Vaza. Some, que eu não vou ver meu neto preso por esses otários! Vaza, moleque, que eu também tô apertada! Ficou o resto da noite na mata. O porto devia estar vigiado. Sabia a hora que o popopô ia para Breves. Aguardou em uma curva. Curu, seu amigo, remou, e ele embarcou. Pediu para saltar antes. Nadou até a margem. Pagou o empréstimo da comadre. Entrou no barco para Anajás e foi lá para dentro, entocado. Depois, Afuá e, finalmente, Macapá. Na rodoviária, ônibus para Oiapoque. E tome estrada. No caminho, gente de garimpo. Lula disse que não valia a pena. Melhor que ouro em real é ouro em euro! Quando chegou, comprou biscoitos para a viagem. Estava faminto. Assuntou sobre uma voadeira. Encontrou os parceiros de aventura, todos clandestinos, sentados, aguardando. Pagou duzentos reais ao coiote. Partiram à noite, se escondendo dos homens da Polícia Civil do Amapá, permanentemente atrás de gente sem visto para entrar na Guiana. Doze horas no mar, esperando a maré para desembarcar. Ao seu lado vai Téo, homem forte. Para onde vai? Trabalhar em obra. E tu? Garimpo. Vou te dizer, também vou pro garimpo. Vida difícil, quatro moleques pra sustentar. Vou arriscar. Se bamburrar, volto logo. Pra qual garimpo estás indo? Meu amigo Lula foi para o Dom Eliseu. Sabes onde fica? Não fica mais. A gendarmerie descobriu. Quem? Polícia francesa. Deu bote. Parada dada. E agora? O que faço? Vem comigo. Vou para o Duda, garimpo novo. Vou. Fiquei sem destino. Se bamburrar, quero uma parte. Tá. A voadeira chega mais próximo. Sai todo mundo! Vai! Rápido que lá vem a polícia! Eles chegam próximo, e holofotes são ligados. Há tiros. Preá e Téo escapam. Ele pega a direção do rio Approuage. Vão pela borda até o Arataye. Cai uma chuva torrencial. Para comer, têm apenas biscoitos molhados. Téo ainda leva uma mangueira de pressão que atrapalha a caminhada. O trajeto é lento, fora das vistas. Mas ali é tudo mata virgem. Preá e Téo nasceram nessa mata. Mas sete dias caminhando quase enlouquecem qualquer um. Chegam. Téo vai logo até o xerife Christophe, apresentar-se. Diz o nome de Giba, seu parente, e mandam chamar. Depois é a vez de Preá. Turno de 24 horas. Não para nunca. Pega uma bateia pra ti. O Giba te mostra o barranco. Aqui é setenta por cento pro dono do garimpo. Tem uma cantina pra se alimentar. Tem remédio também pra malária. Término das tuas doze horas é comigo pra acertar. E vê se trabalha direito, blanc de merde!

Com dois dias, Preá pegou uma febre. Mas nada de largar o barranco. Todos os outros tinham até celular. Quando dava sinal, ligavam. Na cantina, trabalhava Thérèse, linda, negra, alta e forte. Ancas avantajadas, seios, ela desafiava os homens. Não tinha medo.

Diziam que o dono era o xerife. Ninguém encostava. Qualquer coisa custava um grama de ouro. Ficava difícil guardar algum. Alguma coisa nos olhos de Preá a interessou. Nas poucas horas de descanso, conversavam uma mistura de creole e português. Fora isso, Preá pouco fala. Tampouco Téo ou Giba. Vieram a primeira e a segunda malárias. Ficava na barraca dormitório se tremendo todo. Thérèse ia até lá. Virou zum-zum-zum. Christophe não gostou. Implicava com o que Preá obtinha na bateia. Dizia que era preguiçoso. Ameaçava de porrada. E o trabalho era duro. Rolou cocaína. Pra dar mais força. Havia também Balbino, Branco, Geraldo, Preto, Rosa, Gordinho e Demi. Camaradagem. Mas todos atentos, uns aos outros. Preto morreu. Desconfiança. Morte morrida ou matada? Provavelmente o coração parou de tanta cocaína, falta de alimentação e esforço. Quem vai ficar com a parte dele? Balbino diz que ele tem família. E daí? Quem sabe onde ela está? Christophe diz que ficará com setenta por cento e pronto. A gente sabe que ele vai ficar com o dinheiro e não vai mandar pra ninguém. Encarrega Preá e Téo de enterrar. Mais um trabalho, mais um esforço. Em dois meses, já juntou três quilos de ouro, bem mocosado. Thérèse sabe. Foram se aproximando. Rolou beijo. Se embrenharam para fazer sexo. Aquela negra era insaciável, e Preá mergulhou em seu corpo farto. Se Christophe sabe, estou fodida. A turma toda vai passar a noite em Guatá, povoado próximo. Tá assim de puta, cara! Os homens precisam. Se não estiver no turno, vai. Preá vai disposto a ficar bebendo e cheirando coca. É um barraco imundo. O som toca brega e zouk. A mulherada se amostra. É um entra e sai nos quartinhos. Cada foda paga em ouro. Preá reconhece uma das putas. Está gorda, olhos tristes, vestido gasto. Mesmo assim, faz uma dança erótica mais para o ridículo. Pra quem está naquele fim de mundo, é tudo. Vem cá, amor, ela pede. Preá vai dançar. Eu te conheço. Nunca te vi. Tu não estavas em Breves, uns oito meses atrás? Deu a maior merda no porto. O navio de vocês saiu voado. Ah, sei lá. Vamos foder? Entraram no quartinho com cheiro de mofo, catinga e sexo. Preá estava embalado pela coca e se deu bem. Vamos, acabou. Preciso fazer mais programa. Espera. Qual é teu nome? Não interessa. Tu lembras da Jane? Que Jane? Uma branquinha, magrinha, rabão, peitão. Hum, já sei. Nunca mais vi. Quando chegamos, eles nos separaram. Acho que ela ficou em Caiena. Carne de primeira, branquinha. Tem pó aí? Preá lembrou. Me salva. Será? Voltaram calados. Thérèse com cara emburrada. Foram todos trabalhar de emendada. As mãos logo engelhadas. Rosa está com disenteria. Mais uma. Fraca. Não pode parar. Meio-dia. Acidente! Um barranco desmoronou. Demi está embaixo. Todos querem socorrer. Um tiro para o alto. Xerife. Não para o trabalho, porra. Balbino e Branquinho, tirem o cara. Balbino não suportou. Fraqueza, cocaína, fome e o desmoronamento. *Zot ka métele en ba laté. Lo zot vire mo ka bai zot roune leure pou zot pozé.*[1] Balbino está melhor que nós. Preá guardando seu ouro. Thérèse tem algum guardado. Hoje está enciumado. Preá está sentado, na cantina, tomando uma sopa. Blanc de merde, tu sabes que eu não gosto de ti, né? *San ouai to mo já colè.*[2] E eu acho que tu anda espichando muito o olho pra aquela preta ali, né? Me diz. É ou não é? Preá não responde. Toma a sopa em silêncio. *Répoun salope!*[3] Dá-lhe um tapa na cabeça. A sopa voa. Preá suporta. Brésilien de merde! Onde eu vim parar? Deu um murro na cabeça. Tapa na costa. Preá ficou encolhido no chão. Se eu te pegar a menos de um metro da preta, tu vais morrer. Estás ouvindo? Filho da puta. Ninguém se mexeu. Ninguém disse nada. Preá levantou e foi trabalhar. Começou a ouvir um ruído distante. Avião? Não. Helicóptero. Começou a correria. Gendarmerie. Desceram atirando. Preá deu meia-volta. Chamou Thérèse. Correram até uma árvore. Escavou a madeira e tirou seu ouro. Vamos fugir. Passaram pela tenda do xerife. Estava caído, olhos abertos, buracão na testa. Thérèse entrou na barraca. Remexeu e saiu com um saco. Ouro. Vamos vazar. Se

---

[1] Vão enterrar. Quanto voltarem, dou uma hora de descanso.
[2] Só de te ver me dá uma raiva.
[3] Responde, filho da puta!

embrenharam. Outros também escaparam. Viram Thérèse sair com o saco. De noite, na mata, gritavam por eles. Noite. Três dias depois. Branquinho surge. Porra, iam se mandar com todo o ouro? Porra, divide aí, Thérèse. Preá se põe à frente. Arreda, cara. Não é contigo. O que é teu é teu. Mas esse ouro é de todos. Um tiro. Branquinho cai. Thérèse tinha trazido o revólver do xerife. O barulho do tiro. Outra fuga. Chegaram a Régina. Trocaram roupas por ouro e alimentação. Chegaram a Caiena. Bairro Cabassou. Casa de Yves, casado com Claudia, brasileira. Humildes. Yves é alcóolatra. Claudia trabalha como doméstica na casa de Alda, casada com um francês que passa a maior parte do tempo em Kourou, base aeroespacial. Alda é rica para os padrões locais. Claudia, esperta, namora Alda nas ausências do marido. Vous êtes brésilien? Ah, que bom. E tu, Thérèse, sua doida! Sempre indo e vindo! Até parece! Tu que já foste deportada umas cinco vezes! Fui. Agora tenho o meu homem e estou legalizada. Até torço por uma doença séria porque assim me mandam tratar em Paris! E vocês? Queremos ir para Paris também, não é, mon amour? Tem passaporte, ele?

Não. Então, casa com ele e pronto. E tu não sabes que eu sou foragida do Rémire-Montjoly? E ele, se a Police Aux Frontiérs pega, já viu. Ah, mas o que não se consegue com um pouco de ouro? Mon ami, é disso que eu preciso. E olha, pago bem. Por enquanto, precisamos dormir uma semana, pelo menos! Aqui na sala. O Yves, quando chega, vem torto de birita e nem enxerga. Olha, teu homem dorme aqui na cadeira e tu vem dormir aqui na minha cama, vem. Eu já sei bem o que tu queres, bandida. Tu sabes que eu gosto de uma preta! Fecharam a porta, e Preá as ouviu fazendo sexo. Estava tão cansado que nem reagiu. De madrugada, abriram a porta. Um homem entrou e se jogou no chão da sala. Dormiu imediatamente. Cheiro de bebida. Dia alto. Conversas. Risos. Almoçaram. Descansaram mais. Escureceu. Preá disse que queria dar uma volta. Yves, leva o Preá pra dar umas voltas. Homem em casa é chato. As duas mulheres bebiam e recordavam aventuras. Toma cuidado porque a polícia, aqui, ganha bônus por brasileiro deportado. Qu'est-ce que vous voulez? Beber, cheirar e mulheres. Femmes? Oui. Por aqui. A paisagem era como em Breves. Ou subúrbio de Belém. Casas pobres. Ruas esburacadas. Umidade. Chuva. Mas os carros que passavam eram Renault Mégane, Citroën, Peugeot. Ainda vou ter um. Ou nem isso. Paris. Ah, Paris! Disse Yves. A Cidade Luz. Sei lá onde fica, mas deve ser melhor do que aqui. Havia uma boate funcionando. Le Coq D'Or. Lá dentro, escurinho, tocando zouk e reggae. Putas passam e sentam com olhos convidativos. Vem um locutor, como os dos sonoros paraenses e anuncia La Vedete de Paris, direto para Le Coq D'Or: Jane, la merveilleuse! E entra aquela mulher branca, loura, seios, bundão. Me salva. Ela. Pintura forte. Biquíni de strass. Olhos cansados. Talvez drogados. Ela faz sua dança e, depois, começa o leilão. *Ki moun ki le coke Jane pandan vin minite, la merveilleuse?*[1] Vamos! Começam os lances. Preá não tem dinheiro. Ainda não transformou o ouro em euros. Yves não percebe. Preá está agoniado, respirando forte, viu quando um negro aparentemente surinamês a levou pela cintura, como se fosse um brinquedo, para dentro. Me salva.

[1] Quem quer um programa de vinte minutos com Jane, *la merveilleuse*?

14

QUANDO PORTUGA CHEGOU A Curralinho, era um homem derrotado. Curou suas feridas, conversou com o sogro, enfrentou a ira dos locais pela morte de Zé do Boi. Pegou algum dinheiro e deixou seu comércio para trás. Voltou para Belém. Procurou o cunhado. Conseguiu o emprego de volta. Trabalhou duro. Virou um homem calado, ressentido, com uma mágoa profunda no peito. Não se divertia. O trabalho era sua vida. Algumas colegas mexiam, diziam indiretas, mas ele não respondia. Chegou até a circular boato sobre sua preferência sexual. O tempo passou e, um dia, no corredor interno do supermercado São Cristóvão, trocou olhares com uma mocinha jovem, bonita, bem tratada e feliz. Rara vez em que demorou o olhar. Ela também deu um sorriso. A partir daquele dia, a mocinha voltou a circular e trocar olhares. Um dia, foi até sua sala. Oi, eu sou a Angela. Meu pai disse que eu poderia vir com você. Bom dia. Meu nome é Manoel Tourinhos. Eu sei. Sei também que és angolano, mas todos te chamam de "Portuga". É verdade. Já cansei de explicar. Deixa ficar como está. A senhora é filha do Dom Fernando? Ah, tira essa senhora. Sou muito nova para ser chamada de senhora. Está bem. Em que posso lhe ser útil? Estou estudando administração, sabe como é, papai está pensando que vou lhe suceder na empresa, mas eu acho que não, sabe? Não levo muito jeito para isso. Que nada, moça. Dom Fernando é um grande empresário. Sua empresa está sólida. Você encontrará um negócio muito bom para administrar. Depois, ainda é muito nova. Com o tempo vem o amadurecimento e a senhora, digo, você, vai ver com outros olhos isso aqui. Pois bem, Manoel, tu precisas me mostrar algumas planilhas para eu converter para estatísticas. Pode ser? Claro que pode. Vamos ver agora mesmo. Na saída, Angela perguntou se ele tinha Whatsapp. Quê? O aplicativo do celular. Ah! Não, não tenho. Baixa aí, vamos. Deixa que eu baixo pra ti. Agora eu vou. Qualquer dúvida posso te contatar? Pode, claro. Quando ela saiu, Portuga demorou alguns minutos pondo as ideias no lugar. Por aqueles instantes, o poço fundo de tristeza que era sua vida havia mudado. Um novo ânimo surgira. Besteira, pensou. A filha do dono do supermercado. Empregado namora a filha do patrão. Onde já se viu? Mas que era linda, ah, isso era. Nos dias seguintes, a lembrança da garota foi constante e ele até deu alguns sorrisos. Melhorou o humor. E, de repente, um sinal no celular. Whatsapp. Oi, Manoel? A entrega do trabalho é hoje. Deseje-me boa sorte. Ele teclou de volta. Ficou bom o trabalho? Acho que sim. Obrigado pelas dicas e planilhas. De nada. Foi um prazer. Quando precisar. Obrigada. Um beijo. Hesitou em responder. Um beijo pra você também. Alguns dias depois, ela surge em sua sala, sorrindo, lhe dá um abraço e um beijo no rosto. Corou. Os colegas de trabalho brincaram. O Portuga tá vermelho! Ficou sem graça. Foi um sucesso! Notão! Vim te agradecer! Foi um prazer, já disse. E não foi nada. O trabalho foi seu. Mas você me deu sorte também. Tchau. As gozações aumentaram. Era a filha do dono fazendo festa para o funcionário. Precisou erguer a voz para impor silêncio. Dias depois, uma ligação. Oi, Manoel? Aqui é Angela. O que é que você faz no final de semana? No domingo? Ah, bem, eu fico em casa, não sou muito de sair, não. Pois eu vou te fazer um convite. Vamos, neste domingo, ao Grêmio Literário Português? Ao clube? Sim, consigo convite para ti. Topa ou não topa? Dona... digo, Angela, eu não sou muito de sair, sabe? Ah, eu não aceito não. Diga logo que aceita. Está bem. Portuga não conseguia dizer não àquela moça com voz de veludo. Dá teu endereço ao meu pai que vamos te buscar. Está bem. Quando desligou, Portuga não sabia se ficava feliz ou temeroso. Onde estava se metendo? Era a filha do dono. Ele, um viúvo, cheio de desgraças e recebendo pequeno salário, que dava apenas para se manter, sem luxos. Tocou o interfone. Que subisse à sala da direção. Gelou. Agora estava tudo pronto. Foi. Com licença, Dom Fernando. Entre. Rapaz, minha filha me pediu para tirar um convite do clube para você para o domingo. Dom Fernando, eu não me ofereci. Só não consegui dizer não à dona Angela, mas, se o senhor preferir, fica tudo como antes e para mim está bem. Que nada, rapaz. O senhor ajudou minha filha, foi educado e prestativo. Seu Floriano também comentou que o senhor não sai de casa, vive calado. Homem, você precisa conhecer pessoas novas, pegar um pouco de sol. É sempre bom. A vida não é somente trabalho. Dom Fernando, está bem. Nos encontramos no domingo. Muito obrigado por isso.

Naquele domingo, lá pelas dez da manhã, uma van grande passou e o apanhou. Havia moças e rapazes. Angela, ao lado de um rapaz jovem e bonito, fez as apresentações. Esse é Manoel, que me ajudou naquele trabalho. O mais incrível é que, apesar de se chamar Manoel e ser bem branquinho, ele é angolano! Das colônias! Manoel, quero te apresentar meu noivo, Guilherme Sá. Aquele é Luiz, mais Vera, Samantha e, principalmente, quero te apresentar Maria da Penha, minha melhor amiga. Maria da Penha era uma morena bonita, jovem, cabelos, dentes e corpo sadios. Portuga compreendeu o jogo. Ela não estava interessada nele. Queria empurrá-lo para a amiga. Tirou um tanto do astral. Brincaram por ele estar vestido socialmente. Todos estavam de bermuda e sandálias. No clube, formaram uma mesa. Dom Fernando já estava lá com dona Esmeralda, sua esposa. Quando sentaram, percebeu que a arrumação foi tal que ficou ao lado de Maria da Penha. Conversaram despreocupadamente. Portuga entendeu que a moça também não sentia nada por ele. De vez em quando, jogava o olhar para Angela, e esta também. Estranho, isso. Ao final da tarde, foi deixado em casa. Na segunda feira, Whatsapp de Angela. Que tal, gostou do Grêmio? Gostei. Foi muito bom. Obrigado pelo domingo! E a Maria? Gostou dela? É uma moça muito bonita. Só isso? Só, Angela. Somente isso. Sábado que vem tem show da Gal Costa. Quer assistir? Uma cantora? Sim. A melhor do Brasil. Há muito que não assisto a um show. Então, vamos! Passo para te apanhar. E lá foi a van, cheia de jovens. Ele e Maria da Penha lado a lado. Conversavam banalidades. E, se ele olhava para Angela, Maria olhava para Guilherme. Nessa noite, o noivo de Angela se empolgou e bebeu muito. Antes de terminar o show, jogou a cabeça em uma mesa e dormiu. Angela chegou ao lado de Portuga e Maria. Conversaram. Como uma atração magnética, as mãos de Angela roçaram as de Portuga. Troca de olhares. Todos olham para Guilherme, que dormia. Maria foi até lá ver se estava passando mal. Em seguida, Angela. Portuga sabia que gostava de Angela. E se fosse recíproco? Ela, filha de Dom Fernando. Ele, subchefe do departamento de administração. Viúvo. Triste. O celular tocou. Manoel, passo aí na frente do super às seis e quinze para te apanhar. Como assim? De carro. Preciso conversar. Na frente, não. Os colegas ficam zoando comigo. Tá bom. Na esquina. Tá. Pensou que ela queria insistir em Maria da Penha, sua melhor amiga. Não ia dar. Oi? Angela, tudo bem? O que... Espera. Vamos a um lugar mais tranquilo. Um bar. Angela, eu queria lhe dizer, lhe pedir, para não insistir comigo e a Maria. É que... Não é isso. Não sei como são as mulheres na tua terra, mas eu sou bem decidida. Quer namorar comigo? Que isso, Angela! Você é noiva! E Guilherme Sá? Já era. Não te preocupa. Acabamos o noivado. Mas vocês pareciam... É, parecíamos. Não quero mais falar disso. Te liguei para isso. Acho que tentei me enganar te empurrando para Maria. Ela é minha melhor amiga. Uma pessoa especial. Queria o melhor para ela. Mas não consegui me controlar. Dona Angela. Nada de dona. Está bem. Angela, você se precipitou. Nem me conhece bem. Fiz a pesquisa. Meu pai ajudou. Ele admira você como funcionário e pessoa. Andei pesquisando. Angela, por favor!

Vem cá, Manoel. Isso só não vai ter futuro se tu não me quiseres. E pelos olhares que tu me davas nessas vezes em que saímos, duvido. Sim ou não? Angela, é realmente estranho ser confrontado, assim, pela mulher. Mas, sim, você me encantou desde o primeiro momento. Eu era um homem triste, viúvo e de repente, parece que o sol nasceu novamente. Sim ou não? Bem, primeiro precisas saber a minha história. Depois, você é quem vai me responder. Portuga contou sua saga. Chegou a lagrimar. Angela também. Quando terminou, ela, decidida, disse que a resposta era sim. E, então, começaram a namorar. Dom Fernando, no início bem reticente, aos poucos foi abrindo seu coração. Portuga subiu de cargo e agora era diretor de administração do supermercado. Comprou um título do Grêmio Literário Português e iniciou planos para casar novamente. Estava entrosado com os amigos de Angela e muito feliz. Veio uma viagem internacional nas férias. Pacote promocional, três dias em Caiena, compras em euro e tudo ali, bem pertinho, à jato. Formaram o grupo. Seria também oportunidade para ficarem sem a vigilância dos pais de Angela. Ganhar intimidade. Não foi fácil obter a permissão. Dona Esmeralda tinha medo. O respeito que Portuga tinha funcionou, e lá foram eles em um grupo de dezesseis pessoas. Ficaram hospedados no Grande Hotel. Visitaram a rua Molé, cheia de restaurantes e comércio chinês, próxima à Village Chinois. Estiveram no Le Palmistes, de propriedade de Francinete, brasileira em Caiena havia mais de vinte anos. Espantavam-se com os carros de alto luxo, de marcas como Renault, Citroën e Peugeot, servindo como táxis. Dançaram zouk, tecnobrega e reggae. Em uma daquelas noites, Portuga e Angela fizeram sexo. Foi bom. Romântico. Feliz. Quando voltassem, anunciariam o noivado. E, então, Agnaldo, casado com Larissa, perdeu o passaporte. Precisariam ir até o consulado obter um documento para poder retornar ao Brasil.

15

O BARCO FEZ UMA parada em Afuá, em um porto escondido, para que todos pudessem se alimentar e descansar. A viagem durou muito tempo. Mulheres vomitaram, choraram e agora pareciam mais mansas, conformadas com seu destino. De lá, atravessaram para Macapá, onde esperaram a noite em um barracão. Vieram duas vans que saíram silenciosamente rumo a Oiapoque. Era uma estância de madeiras, onde desceram. Rápido, entraram em uma catraia, que saiu sem chamar atenção. Não aportaram em Saint Georges, e sim em Quanary, onde tomaram um ônibus. No meio do caminho, gendarmes bloqueavam a estrada. Documentos, negociações. Seguiram. As luzes de Caiena brilhavam adiante, mas dentro do ônibus todas dormiam, cansadas. Foram levadas a uma casa grande. Sala espaçosa. Tirem a roupa. Acordem! Tirem a roupa! Ficaram nuas. Vários homens, algumas mulheres, olhavam e avaliavam as moças. Philippe começou a apresentá-las. Não entendiam nada de francês. Foram feitas escolhas. A última foi Jane. Houve discussões, ofertas, lances. Um chinês ganhou. Suki Jun Mihn era o nome. Não tinha se manifestado quanto às outras. Estava lá para o grande lance. Philippe contava dinheiro. Vestiu-se. Foi colocada no banco de trás de uma Mercedes. Ela e Suki, que a olhava sem malícia. Era um olhar de avaliador de uma peça de carne. Chegaram ao destino. Le Coq D'Or. Foi entregue a uma mulher chinesa, que recebeu algumas ordens. Somente quando ficaram a sós a mulher falou em português.

Eu falo tua língua. Entende? Sim. Teu nome? Jane. Tu és muito bonita, mas maltratada. Meiyng vai cuidar. Quer comer? Sim. Levou-a até uma cozinha. Jane alimentou-se. Meiyng a levou até um quarto. Dorme. Amanhã a gente se fala, tá? Jane adormeceu imediatamente. Quando acordou, Meiyng já estava no quarto. Entregou-lhe um baby-doll. Veste, tá? Vai descansar mais um dia, sim? Depois, trabalho, tá? Jane passou o dia deitada e em pequenos passeios. Havia várias outras mulheres. Nenhuma brasileira. Comunicação mínima. Meiyng chegou com uma roupa. Era apenas a parte de baixo de um biquíni e sandálias altas. Biquíni cheio de brilhos. Tua roupa de show. Usa hoje. Quando eu chamar, vem. Não havia como fugir. Chineses vigiavam todos os cantos. Vestiu o biquíni. Chamaram. Casa de show. Homens em polvorosa. De repente, percebeu que toda a algazarra era para ela. Carne nova. A mais linda. Gostosa. Suki, ao fundo, percebia tudo. Nessa noite, Jane fez mais de vinte programas. Duas noites depois, já era a maior atração. Veio Florence ensiná-la a dançar sensualmente. Agora, como maior show da casa, era leiloada de uma em uma hora. Não alterava sua rotina. Mas despertou ciúmes. Alguém colocou uma aranha entre suas roupas. Depois, comida ruim em seu prato. Passou mal. Meiyng deu um basta. Chamou um funcionário. Perguntava a cada uma quem fizera aquilo. Sem resposta, levava um potente murro na barriga. Duas sobreviveram, jogadas no chão, vomitando sangue. Joanna, uma da Guiana Inglesa, acusou Jacqueline. Esta levantou e tentou fugir. Foi levada e não mais apareceu. Jane no quarto, sem condições de fazer o show. Meiyng disse que o show tem de acontecer. Uma carreira de cocaína. Duas. Jane foi para o palco. De manhãzinha, após ter cheirado muito mais para manter a performance, desabou na cama. Acordou com alguém lhe abraçando. Meiyng sugava seus seios e respirava fundo. Deixou-se tocar. Ah, Meiyng! Era uma moça absolutamente só no mundo, escrava de sexo, viciada em cocaína, e a chinesa, de repente, era sua única amiga. Fez amor com Meiyng apenas por deixar-se manipular. Meiyng era ativa, excitada, devorando seu corpo. Muitos clientes se apaixonaram. Iam todas as noites.

Fizeram ofertas para comprá-la. Suki estava satisfeito. Agora tinha uma grande estrela no Le Coq D'Or.

Meiyng surgiu com ópio. Maravilha para passar o dia, aguardando os trabalhos à noite. Começou a perder contato com a realidade. Fazia tudo automaticamente. Alguns clientes reclamaram. Meiyng acabou com o ópio. Mas aumentou o consumo de cocaína. Meiyng quer saber tua história. De onde tu vem? Não me lembro. Tu vem de Belém? Belém? Não me lembro. Só sei que meu nome é Jane. E tu, Meiyng? Vou te contar um segredo. Sou filha de Suki. Filha? É. E por que não levas uma vida boa e por que estás aqui? Meiyng é filha torta. De outra mulher. Não da mulher de Suki. Suki não me matou, mas minha mãe sumiu. Uma brasileira foi minha babá, por isso falo português. Meiyng só tem Jane. Meiyng ama Jane. Jane ama Meiyng? Amo. Tu és minha única amiga. François era cliente constante. Negro forte, bem dotado, chegava a machucá-la. Queixou-se. Ele maneirou. Uma vez, sem avisar, não botou camisinha. Quando sentiu o jorro, Jane afastou-se. Non! Non! E expulsou-o. Foi correndo avisar. François foi posto para fora. Não lhe bateram porque era bom cliente. Mas nunca mais teve Jane. A menstruação não veio. Uma parteira foi chamada para o aborto. Jane perdeu muito sangue, mas ficou apenas dois dias sem fazer sexo. A cocaína dava o gás. Um ano se passara desde a sua chegada. Ao se olhar no espelho, via ninguém. Quem era aquela? À noite, já bem tarde, um homem venceu o leilão, aproveitando o fato de ter menos gente na casa. Quando entraram no quarto, ela tirou a roupa e abriu as pernas, aguardando. Mas ele a tomava nos braços e falava coisas incompreensíveis. Vamos fugir! Não queres que te salve? Vamos fugir. Não te lembras de mim? Vamos! Encolheu-se na cama. Não. Fugir, não. Eles vão me matar. Não. Saia daqui. Preá não sabia o que fazer. Mas ao contemplá-la nua, o desejo falou mais forte. Fez sexo com ela e saiu. Jane foi limpar-se, vestir o biquíni e agora alguns penachos que usava na cabeça. Jane está estranha, disse Meiyng. Viu fantasma? Tá enjoada de novo? Não. Já vai passar. Ainda tem mais uma? Não. Hoje deu pouca gente. Vamos dormir.

16

PREÁ E YVES VOLTARAM para casa. Yves já tortinho de birita. Preá agoniado. Me salva. Não saía de sua cabeça, mesmo que não se importasse. Agora tenho dinheiro, vamos para Paris. Deixa pra lá. Ela que se foda. A casa às escuras. Onde estão Thérèse e Claudia? Preá vai até seus pertences. Tudo revirado. O saco de ouro! Thérèse! Yves chegou dizendo que Claudia havia ido embora. Elas fugiram! Filhas da puta! Preta filha da puta! E agora? Para onde elas podem ter ido? Sabe lá! Foi subindo uma raiva em Preá. Acumulou todos aqueles meses de sofrimento. Agora tu vais pagar o pato! Moi? Isso mesmo! Tu tens dinheiro? Tenho algum guardado. Me dá. Non! Com o que eu fico? Me dá o dinheiro! Não posso dar, mon ami. Preá começou a espancar Yves, que não reagia. Estava trôpego demais. Agora apertou seu pescoço. Onde está? Ali na cozinha. Preá achou. Alguns euros. Na saída, deu um chute em sua cabeça. Yves ficou jogado no chão. Na rua, desesperado. Para onde ir? E agora? Duas esquinas adiante, sentou para pensar. Acabaram todos os sonhos. Jogaram pssica em mim. Só pode ser. Me salva, lembrou. Levantou e foi. Chegou ao Le Coq D'Or e aguardou o leilão. Observou as quantias. Havia pouca gente. Sorte. Venceu no lance. Entrou no quarto. Quando saiu, já sabia o que fazer. Rodeou o prédio. O alvorecer estava próximo. Nos fundos, matagal, lama. Como bom marajoara, sabia como proceder. Foi vigiando os quartos até achar Jane. Driblou a vigilância. Quando entrou, Jane estava deitada, nua;

ao lado dela, Meiyng. *To pa pe rentre la!*[1] Socorro! Preá deu um murro na cabeça de Meiyng. Pegou Jane pelos braços. Vamos! Non, non! Sai! Sai! Não me reconheces? Ela olhava, esgazeada, e dizia que não. Precisou dar um murro em seu queixo e colocá-la nas costas. Saltou no matagal e saiu. Havia gente atrás. Conseguiu tirar uns cinquenta metros para chegar à rua, quando pegaram suas pernas. Ele e Jane foram para o chão. Era um negro forte que montou sobre Preá e agora o esganava. Tentou sair do aperto. Não dava. Tateou a faca de cozinha na lateral do corpo e começou a esfaquear. Foram muitas facadas. Quando tudo estava escurecendo, o negro caiu pesadamente sobre ele. Levantou, mas outro negro chegou e, com enorme força, torceu seu pescoço. Nem chegou a ouvir o barulho. Morreu. E onde estava Jane? Os guardas de Suki correram atrás dela.

Jane despertou com a queda. Enquanto Preá lutava, aproveitou para fugir. O sol estava nascendo, e ela pelas ruas da Matinha, procurando um esconderijo. De uma casa, vai saindo um homem para pegar o carro. Correu até lá. Socorro. Me ajude! Por favor! O homem não entendeu muito, mas a deixou entrar em casa. Havia uma mulher. Calma, chérie. Calma. Está em segurança. Comment tu t'appelles? Jane. Querem me matar. Não vão mais. Calma. Sente. *Rúbia, souplé, bai mo roun pot dilo pou mansele. E anvan, mene roun bétepou couvrile.*[2] Aqui é uma casa de Deus. Você está segura. Eu sou o pastor Leonard Stiffs e ela é minha esposa Rúbia. Quem é você? De que está fugindo? Matar... matar... Socorro. *Leonard, fronmin casa. Nou pa jenmin savé.*[3] Oui, mon chérie. Por uma fresta, Leonard viu passarem pessoas estranhas, procurando alguém. *Rúbia, maininfanmam annan chanma.*[4]Alguém bateu na porta. Bonjour! *Nou ka chaché roun fenm fole... poh... so têt chapé e pran cori a la ri. Manzele pitete rantre roun koté. Missié te save roun ki chose?*[5]

---

[1] Não pode entrar aqui!

[2] Rúbia, por favor, traga um copo d'água pra moça. E, antes, traga algo para cobri-la.

[3] Leonard, melhor fechar a casa. Nunca se sabe.

[4] Rúbia, leve a moça para o quarto.

[5] Estamos procurando uma mulher, louca... coitada... teve um surto e saiu correndo nua pela rua. Pode ter entrado em qualquer lugar. O senhor sabe de alguma coisa?

Awa. So mo fanm ke mo ki la. No ka le leglise priè. Mo sa Pasteur Leonard.[1] *Esquize mo Pasteur. Bon lan messe e priè pou mo.*[2] *Ké plézi.*[3] Esperou o homem sair. *Rúbia, nou ka minin to lopitale. To pé pa rété. Beta riské pou touté moun.*[4] *A sou nom Bondié, boug, nou ké pran soin di manzele.*[5] *Nou ké meté manzele an nan chambraa pou mininle lopital. I ké pli bom pou li. Bai mo roun kou di min po météle na nan loto a.*[6] Abriram a porta cautelosamente. Não havia ninguém. Quando ela ia entrar, surgiu um dos homens. *Rete la.*[7] Um revólver. *Pa boujé. A mo fanm ki la.*[8] *Mouché, mo sa Pasteur Leonard. O sou nom Bondié, sa fanm a bizouin roun lopital.*[9] *Atchuelmen a mo problem. Pa boujé. I ka lé ké mo.*[10] Quando pôs o braço no ombro de Jane, ela reagiu. Ao mesmo tempo, o pastor jogou-se contra o homem e lutou com ele. Jane saiu correndo. Se atravessasse o canal Laussat, estaria em área mais protegida. Três quarteirões à frente, atravessou a rua e foi atropelada por um táxi. Tocou-lhe no quadril e ela caiu, ralando as pernas e os cotovelos. Mon Dieu! *Sa mo fê to?*[11] Um senhor saiu do carro. *Esto bien?*[12] Jane lutava para levantar e correr, mas perdera as forças. *Fè vite nou ka memé to lopital. Fè vite.*[13] Jane não resistiu. Estava entregue. Jean Marie era um motorista veterano. Naquele instante, ia pegar um funcionário do consulado do Brasil que ia para o aeroporto. A moça foi no banco de trás, quase desmaiada. Socorro, murmurava. Eles vai me matar... Eles vai me matar... Fala português, percebeu. Mudou a direção e foi direto ao consulado.

---

[1] Não. Aqui estamos somente eu e minha esposa. Vamos sair para o culto. Sou o pastor Leonard.

[2] Ah, desculpe, pastor. Tenha um bom culto e reze por mim.

[3] Com prazer.

[4] Rúbia, precisamos levá-la para o hospital. Aqui ela não pode ficar. É perigoso para nós todos.

[5] Em nome de Deus, homem, vamos protegê-la.

[6] Vamos levá-la para o hospital agora. Ela ficará melhor. Ajude-me a colocá-la no carro.

[7] Quieto aí.

[8] Parado. Essa mulher é minha.

[9] Meu senhor, eu sou o pastor Leonard. Em nome de Deus, essa mulher precisa de um hospital.

[10] Agora o caso é meu. Fiquem parados. Ela vai comigo.

[11] O que foi que eu fiz?

[12] Você está bem?

[13] Vamos que eu te levo para o hospital. Vamos.

17

TEMOS MUITO TRABALHO AQUI na Guiana. Há mais de 20 mil brasileiros legalizados, mas você bota mais 50 mil ilegais. Gente que veio tentar a sorte, ganhar em euro, garimpar ouro. A Police Aux Frontiérs deporta logo quando encontra. Eles querem legalizar os papéis, mas a maioria não é gente que presta, disse Paulo Roberto, cônsul honorário, a Agnaldo e Larissa, Manoel e Angela. Aguardem um pouco que seu documento provisório será providenciado e vocês voltam ao Brasil logo, logo. Foi boa a visita? Foram na rua Molé? Nos restaurantes chineses? E no Le Palmistes? É, não são muitos lugares, mas vale o passeio. Fizeram compras em euros? A Guiana hoje é Departamento Ultramarino Francês. Quem consegue os papéis de seguridade vira cidadão francês. É o que todos querem. Tem um presidente, Antonie Khan, que é como um governador. Eu, por mim, não vejo a hora de ser direcionado a outro país. Estou aqui há uns seis anos e já vi de tudo. Vou pedir para servir um cafezinho, está bem?

Entra uma moça, branquinha, seios grandes, bem feita de corpo, com uma bandeja. Quando Portuga olha, quase dá um grito. Me salva. O que foi, amor? Nada. Essa moça. Acho que já a vi antes. Na rua, amor? Não. Não sei. Não lembro. Essa moça é Jane. Está conosco há uns três meses. Deu muito trabalho. Estava sendo perseguida. Vício em drogas. Acho que isso alterou um pouco a cabeça dela. Fala muito pouco. Pediu para ficar aqui. Faz seu trabalho. Estamos tentando legalizar seus papéis. Ah, ela é brasileira. O motorista que a trouxe até aqui lembra que ela dizia palavras em português. Mas aqui praticamente não fala nada. Sabe lá o que passou. Um dia, quem sabe. Portuga a encarou. Me salva. Ela olhou firmemente também. Como que uma faísca passou em seus olhos, mas, em seguida, voltaram a ser frios. É, acho que a estou confundindo mesmo.

Pronto, está aqui seu visto provisório. Podem até ficar mais alguns dias, desfrutando Caiena. Não, para nós foi uma boa excursão, disse Agnaldo. E nós queremos voltar a Belém para anunciar nosso noivado, não é, meu bem? Portuga concordou. Não acha que formam um casal lindo? Disse Larissa. Façam uma boa viagem, então. Nos vemos qualquer dia lá pelo Brasil.

Na volta, Portuga olhava a janela. Passava aquela floresta imensa e ele pensava no tanto que havia vivido e em Jane. Agora sua realidade era Angela e o supermercado São Cristóvão.

SOBRE O AUTOR

EDYR AUGUSTO PROENÇA NASCEU em Belém, Pará, em 1954. Iniciou sua carreira como dramaturgo no fim dos anos 1970. Escritor e diretor de teatro, trabalhou como radialista, redator publicitário e autor de *jingles*, além de produzir poesia e crônicas. Filho do escritor e radialista Edyr de Paiva Proença, sua estreia como romancista se deu em 1998, com a publicação de *Os éguas*. Quadro desolador da metrópole amazonense, um "*thriller* regionalista" que mergulha no ritmo frenético da decadência e da violência urbanas.

É no Pará que o autor ancora todas as suas narrativas. Em 2001 lançou *Moscow*, seu segundo romance. Depois vieram *Casa de caba* (2004), o livro de contos *Um sol para cada um* (2008) e *Selva concreta* (2012). No Brasil, sua prosa é publicada pela Boitempo Editorial. Em 2013, com o lançamento de *Os éguas* em francês (sob o título *Belém*), pela editora Asphalte, a obra de Edyr ganhou grande destaque na cena literária parisiense. Amplamente aplaudido pela crítica, o romance recebeu, em 2015, o prêmio Caméléon de melhor romance estrangeiro, na Université Jean Moulin Lyon 3. No mesmo ano, Edyr participou do festival Quais du Polar, em Lyon, evento mundialmente conhecido por celebrar o gênero *noir* na literatura e no cinema, e do Salão do Livro de Paris. Também foram traduzidos para o francês *Moscow*, em 2014, e *Casa de caba* (com o título *Nid de vipères*), em 2015, ambos pela Asphalte.

O estilo marcante e a escrita alucinante e implacável de Edyr já haviam chamado a atenção de editoras internacionais, a começar pelo romance *Casa de caba*, publicado na Inglaterra, com o título *Hornets' nest*, pela Aflame Books, em 2007. O paraense também teve contos traduzidos no Peru, pela PetroPeru, e no México, pela Vera Cruz.

Participou das antologias *Geração 90: os transgressores*, organizada por Nelson de Oliveira (Boitempo, 2013), e *Os cem menores contos brasileiros do século*, organizada por Marcelino Freire (Ateliê, 2004).

ANNALS OF CRIME

IN COLD BLOOD

I—THE LAST TO SEE THEM ALIVE

Publicação original, na edição de
25 de setembro de 1965 da revista *The New Yorker*,
da primeira das quatro partes de *A sangue frio*,
obra-prima de Truman Capote.

Publicado em julho de 2015, cinquenta anos após a publicação, nas páginas da revista *The New Yorker*, do clássico do jornalismo literário *A sangue frio*, de Truman Capote (1924-1984), este livro foi composto em ITC Garamond Std, 10, Precious Serif, 13, e reimpresso em papel Avena 80g/m² pela gráfica Mundial, para a Boitempo, em outubro de 2024, com tiragem de mil exemplares.